문성모 총장이 들려주는 행복 에세이

사랑을 믿으세요

문성모 총장이 들려주는 행복 에세이
사랑을 믿으세요

2012년 6월 8일 초판 1쇄

지은이 문성모
펴낸이 김숙분 디자인 김은혜 영업·마케팅 이동호
펴낸곳 (주)도서출판 가문비 출판등록 제 300-2005-60호
주소 (137-876)서울시 서초구 서초3동 1588-1 신성 오피스텔 A동 1007호
전화 02)587-4244~5 팩스 02)587-4246

ISBN 978-89-91980-91-4 03810

문성모 총장이 들려주는 행복 에세이

사랑을 믿으세요

문성모 지음

■ 차례

II. 믿음을 생각하며

III. 인물을 생각하며

IV. 계절을 생각하며

■ 머리말

이 책에 실린 칼럼들은 내가 7년도 넘게 〈한국장로신문〉에 연재한 것을 모은 것이다. 다양한 테마를 잡아 중용적 자세를 견지하며 감동 있는 칼럼을 쓰는 일은 설교 한 편을 작성하는 것과 같은 어려운 작업이다. 그러나 그동안 많은 독자들의 사랑을 받고 격려의 말이 이어졌기에 피곤한 줄 모르고 사명감으로 매주일 칼럼을 발표하였다. 성원해 주신 독자들에게 감사의 마음을 전한다.

이미 지면을 통해 발표된 칼럼들이지만 책으로 만들려니 부분적인 문장과 단어, 또는 제목의 손질이 불가피하였음을 밝힌다. 7년 동안의 칼럼들을 모아 보니 책을 두 권도 넘게 만들 수 있는 분량이다. 그 중에 우선 절반을 추려서 첫 번째 칼럼집을 정리하면서, '삶을 생각하며', '믿음을 생각하며', '인물을 생각하며', '계절을 생각하며' 라는 소제목으로 분류하여 묶어 보았다.

이 책의 칼럼들은 믿는 독자들의 신앙에 잔잔한 감동과 자극을 줄 것이다. 또한 목회자들이 설교 자료로 활용할 수 있는 글들이다. 그리고 불신자들을 위한 전도용으로도 무난한 내용이 담겨 있다. 이 책에 나오는 사람이름 중 바하(바흐), 고호(고흐), 마르다(마사) 등은 표준어를 무시하고 의도적으로 바꿔 쓴 것임을 밝힌다.

이 책의 출판을 기꺼이 맡아 주신 도서출판 가문비의 김숙분 사장과 편집 및 디자인을 위해 수고한 김은혜 과장에게 감사드린다. 그리고 출판을 적극 권유하시고 격려하신 장로교출판사 사장 박래창 장로님과 주필 유호귀 장로님께 큰 감사를 드린다.

이 책을 통하여 한국교회가 유익을 얻고 성도들의 마음에 믿음이 더 굳건해지기를 소원한다. 모든 영광을 하나님께 돌리며….

2012년 5월에
서울장신대학교 총장실에서
문성모

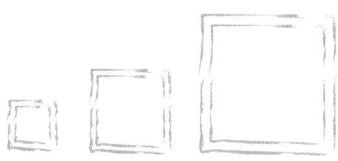

I. 삶을 생각하며

가는 세월을 붙들고

영국의 어느 잡지사가 세상에서 가장 행복한 사람의 순위를 다음과 같이 발표한 적이 있다. 행복한 사람 1위는 바닷가에서 멋진 모래성을 완성한 어린이였다. 2위는 아기를 목욕시킨 후 아기의 맑은 눈동자를 바라보는 어머니였고, 3위는 훌륭한 공예품을 완성하고 미소 짓는 예술가였다. 그리고 4위는 죽어가는 사람을 수술하여 살려낸 의사였다.

우리는 부자가 행복하다고 생각하지는 않는다. 하지만 실제론 필요한 돈 이상의 욕심을 버리지 못해 재물이 있어도 만족이 없다. 우리는 권력이 행복을 가져다주지 않는다는 것을 잘 알고 있다. 그럼에도 불구하고 권력지향적인 본성에서 자유롭지 못하기에 언제나 갈증이 계속된다. 우리는 명예가 사람을 피곤하게 하고 생활의 굴레가 됨을 알고 있으면서도 적당한 선에서 만족하지 못하고 더 높은 자리를 향하여 불안한 질주를 한다. 우리는 지식이 번뇌를 더한다는 것을 알면서도 적당한 지식의 한계를 지키지 못한다. 그래서 때론 지나친 지적 호기심 때문에 노이로제에 시달리기도 한다.

우리는 자신을 행복한 사람으로 가꾸지 못했다. 이만큼 살게 된 것도 생각해 보면 얼마나 감사한 일인가? 돌아보면 우리는 가진 것도 많고, 누리는 것도 옛날 정승 부럽지 않다. 빈손에서 시작했지만 성취한 것도 있고, 벌거숭이로 나왔으나 명예를 얻은 것도 세어 보면 참으로 많다. 때론 고난이 좀 있었지만 성경의 인물들만큼 고생한 것도 아니다.

하나님께서 이미 축복을 넘치도록 주셨건만, 우리는 그리 행복하다고 느끼면서 살지 못하였다. 다른 사람과 비교하거나 경쟁하거나 원수 맺을 만큼 비참하지도 않은데, 우리에게는 삶에 대한 관조(觀照)와 여유가 없었다.

따져보면 모든 것이 하나님의 은혜요 도우심뿐이었음에도 불구하고, 우리는 업적을 자랑하고 자신의 능력을 과시하는 일에 대하여는 입에 침이 마르지 않았다.

가는 세월을 붙들고 나를 꾸짖어 달라고 간청해 보자. 그리고 단 하나의 교훈이라도 가르쳐 달라고 애원해 보자. 행복할만한 필요충분조건을 이미 다 주신 하나님의 은혜에 감사하면서 하루하루를 살아 보자.

석수장이 이야기

옛날 어느 나라에 바위를 쪼아 무엇을 만드는 석수장이가 살고 있었는데, 그는 자기 생활에 불평과 열등감을 가지고 있었다. 어느 날도 평소처럼 신세한탄을 하며 산 중턱에서 바위를 쪼고 있었는데, 마침 그 아래 길로 임금님 행차가 지나갔다. 임금님 행차라는 소리에 밑을 내려다보니, 악대가 앞장서서 요란한 소리로 연주를 하고 문무 대신들이 좌우에서 임금님을 따르고 있었다. 석수장이는 "내가 저 임금이라면 얼마나 좋을까!"라는 생각을 했다. 그런데 그 순간, 갑자기 하늘에서 "너는 임금이 되어라!"라는 소리가 들리더니 순식간에 임금이 되는 것이었다. 임금이 되고 보니 세상에 부러울 것이 없었다. 모든 사람들이 자기에게 절을 하고 발밑에서 굽실거렸다.

그런데 하늘을 쳐다보니 자기보다 더 높은 존재가 있었다. 머리 위의 태양은 그에게 절하지도 않을뿐더러, 높은 곳에서 교만하게 뜨거운 빛을 뿜어 대고 있었다. 그는 욕심이 나서 다시 "내가 저 태

16

양이라면 더 좋을 텐데!"라고 탄식했다. 그 순간 또 하늘에서 "너는 태양이 되어라!"라는 소리가 들리면서 그는 갑자기 태양이 되었다. 태양이 되니까 임금이 부럽지 않았다. 그런데 갑자기 먹구름이 몰려들더니 태양을 가려버렸다. 그는 얼른 "내가 저 구름이라면 좋을 텐데!"라고 해서 또 구름이 되었다. 구름이 되니 천하의 태양을 가릴 수 있었다. 그런데 얼마 있다가 강풍이 몰아치니 바람에 구름이 밀려가기 시작했다. 그는 다시 "내가 저 바람이라면 좋을 텐데!"라는 소원을 빌어 바람이 되었다. 바람이 되니까 태양을 이기는 구름까지 몰아내고 모든 천지에 있는 것을 다 쓸어버릴 수 있었다.

그런데 아무리 강한 바람에도 밀려나지 않는 것이 있었다. 그것은 산 중턱의 큰 바위였다. "아! 저 바위가 나보다 더 세구나. 내가 바위라면 좋을 텐데!"라고 생각하는 순간 그는 또 갑자기 바위가 되었다. 그랬더니 천하의 바람을 이길 수 있었다. 그런데 다음날 석수장이들이 와서 그 바위를 쪼기 시작했다. 그는 몹시 아파서 생각하기를 "내가 저 사람들이라면 좋겠다!"라고 외쳤다. 정신이 났을 때 그는 자신이 도로 석수장이가 되어 있는 것을 발견했다.

행복은 비교가 아닌 존재의 확인에 있다. 비교의식 속에는 만족도 행복도 없다. 주어진 삶에 대한 오늘의 행복을 발견하려는 노력이 중요하지 않을까?

감사의 조건

1990년에 환경운동가 도넬라 메도우스 박사가 지구촌보고서 (State of the Village Report)라는 칼럼을 발표하였다. 지구의 인구를 100명으로 잡고 분석한 이 통계는 많은 것을 생각하게 한다. 그녀의 통계를 67억 명이 사는 현재의 상황에 맞게 조금 조정하면 아래와 같다.

만약 지구가 100명이 사는 작은 마을이라면, 100명 중 60명의 사람들이 항상 굶주리는 기아 상태이고, 13명은 영양실조이고, 1명은 굶어죽거나 죽기 직전이다.

100명 중 15명은 오염된 물을 마시고, 40명은 상하수도가 없는 곳에서 살며, 32명은 더러운 공기를 마시며 살아야 한다. 25명은 물을 구하기 어려워 여자들이 물을 구하는 일을 도맡아 해야 하고, 17명은 글을 모르는데 그 역시 대부분이 여성들이다.

100명 중 24명은 전기가 없는 곳에 살고 있고, 컴퓨터를 사용할수 있는 사람은 7명뿐이다. 100명이 버는 돈을 평균으로 나누면 1

년에 7백5십만 원이다. 은행에 저축을 하고 있는 사람은 8명에 불과하고, 자가용을 가진 사람은 7명뿐이다.

100명 중 40명은 아직도 괴롭힘과 감금, 고문, 죽음의 공포에 시달리고 있다. 지구촌에는 1년에 30번 이상 크고 작은 전쟁이 일어난다. 이 마을에는 33명이 기독교(천주교), 19명이 이슬람교, 13명이 힌두교, 6명이 불교를 믿고 있으며, 5명은 나무나 바위 같은 자연을 숭배한다. 그리고 24명은 기타의 여러 종교를 믿고 있거나, 아니면 무종교인이다. 지구마을의 평균수명은 63세이다.

이 글을 읽고 스스로에게 질문해 보자. "나는 행복한가?" 글을 읽을 수 있다는 것 자체가 행복이고, 세끼 밥을 먹고 산다는 것이 행복이다. 돈을 조금이라도 벌 수 있다면, 컴퓨터를 할 수 있다면, 그리고 기아 상태가 아니라면 누구든지 감사할 수 있어야 한다. 전쟁을 겪지 않고 살아가고 있다면 더욱 감사해야 한다.

하지만 우리에게는 그 이상의 크고 기본적인 감사의 조건이 있다. 바로 예수를 믿고 영생을 얻어 하나님의 자녀가 되었다는 것이다. 죄의 종에서 해방되어 하나님의 자녀가 되었고 영생을 소유하게 되었다는 사실보다 더 큰 감사는 없다. 인생은 생각하기 나름이다.

신앙생활은 죽을 죄인을 살려 주신 은혜부터 시작하여, 이미 받은 복을 생각하고 범사에 감사하는 생활이다. 진정한 감사의 조건들을 마음 깊이 헤아려 보자.

고난이 남기는 유익

　세계 최고의 명품 바이올린은 스트라디바리우스(Stradivarius)이다. 18세기 이탈리아의 스트라디바리(Antonio Stradivari)가 제작한 이 바이올린은 현재 약 100여 대만이 남아 있는데, 그 중에서 연주에 쓰일만한 것은 50여 대밖에 없다. 게다가 그 가격은 수십억 원을 호가한다. 스트라디바리우스가 가진 음색을 현대의 과학으로 풀어 더 좋은 악기를 만들려고 하였으나 모두 실패하였다. 그러기에 이 명품 악기의 비밀은 영원히 미스터리로 남겨져 있다. 이 스트라디바리우스의 소리에 대하여 몇몇 사람들이 설득력 있는 주장을 하여 화제가 된 적이 있다.

　나무 나이테 전문가인 미국 테네시대학의 그리씨노 마이어(Henri Grissino-Mayer)와 기후학자인 컬럼비아대학의 버클(Lloyd Burckle) 박사는 이 악기를 만든 나무 재질에 그 소리의 열쇠가 있다고 하였다.

　태양 흑점 활동의 변화로 유럽에서는 1400년대에서 1800년대

중반까지 소 빙하기(Little Ice Age)가 지속되었는데, 그 중에서도 가장 추웠던 기간은 1645년에서 1715년까지 70년 동안이었다. 이 기간의 기후 현상을 연구하고 기록한 사람은 19세기 천문학자 마운더(E. W. Maunder)인데, 그의 이름을 따서 이 기간을 마운더 극소기(Maunder Minimum)라고 부른다. 이 빙하기의 추위를 이기기 위하여 나무들은 내밀하게 아주 조금씩 성장하였는데, 나무들 중에서도 알프스의 가문비나무가 최고밀도를 가지게 되었다고 한다. 바로 이 나무들이 명품 스트라디바리우스에 쓰였다. 혹한을 견디면서 성장한 나무들로부터 이 악기의 소리가 만들어졌다는 것이다.

스트라디바리우스의 명품 소리는 고통을 이겨낸 인고(忍苦)의 소리이며, 죽음 같은 혹독한 추위를 견디고 성장한 나무들의 '환희의 송가'이다. 스트라디바리우스가 우리에게 주는 교훈은 '고통 없는 열매는 없다.'(No pain, no gain.)는 것이다.

인생에는 고난이 있고 고통이 끊이지 않는다. 산다는 것은 고난과의 싸움이다. 고통 속에서 살아남기 위하여 인내하며 노력한 사람은 정신적으로 내밀한 성장을 하여 단단하고 알이 꽉 찬 모습을 보여준다. 그런 사람들의 입지전적 인생 이야기는 너무 아름다워서 듣는 이들의 마음에 감동을 준다. 고난이 유익을 남기고 갈 때, 그것을 잡아 아름다운 삶을 가꾸고 감동적인 인생 스토리를 만들어 보자.

과거를 고쳐드립니다

오래 전 모 TV사의 아침 방송 중에 '출발 새 아침'이라는 프로가 있었다. 어느 날 이 프로를 진행하는 아나운서가 가구에 대한 이야기를 하던 중 실수를 하여 "가구를 고쳐드립니다."라고 해야 할 것을 "과거를 고쳐드립니다."라고 말했다. 그는 곧바로 잘못 말한 것을 깨닫고 수정을 하였는데, 옆의 파트너 아나운서가 임기응변식으로 "과거도 고쳐주는 데가 있으면 얼마나 좋겠습니까?"라고 하여 한바탕 웃었던 기억이 난다.

과거를 생각할 때 우리는 후회스러운 것이 참 많다. 잘못된 결정, 죄책감 등으로 인하여 가슴에 남아 있는 후회와 상처를 고칠 수 있는 의사나 공장이 있다면 돈을 얼마를 들여서라도 고침 받고 싶은 심정이 누구에게나 있다. 특히 선택을 잘못해서 어려움을 당할 때 우리는 돌이킬 수 없는 후회 속에서 몸부림을 치지만 속수무책이다. 과거에 대한 후회의 말 뒤에는, '내가 지금 이지경이 되지는 않았을 텐데…'라는 현재에 대한 아쉬움이 뒤따른다. '과거를 바꿀 수만 있다면!' 이라는 생각을 안 해보고 사는 사람은 아마 한 사람도 없을 것이다.

과거에 대한 잘못으로 현재 고난의 세월을 보내며 불행의 늪에서 허덕일 때 사람들은 어떤 태도를 취하는가. 첫째는 자포자기 상태에 빠지는 사람들이 있다. 이들은 자학에 빠지고, 패배감에 무기력하게 된다. 될 대로 되라는 식으로 삶의 방향키를 놓는다. 삶의 자세를 한껏 흐트러 놓은 채 인생을 저주하며 살아간다.

둘째는 미신과 이단을 따르는 사람들이 있다. 고난과 불행에 대해 돌파구를 찾으려고 했는데 그만 이단과 미신에 빠진 것이다. 그럴 경우엔 패가망신하고 더 깊은 수렁 속으로 들어가 폐인이 되어버리고 만다. 불행한 사람이 많은 사회일수록 미신과 이단이 횡행(橫行)한다.

셋째는 고난을 은총으로 해석하는 사람들이 있다. 현재의 고난을 은총으로 재해석하여 고난에 대한 창조적인 극복의지를 나타내는 사람들이다. 이런 사람들에게는 고난도 복이 되며 바울처럼 가시의 문제도 감사의 조건이 된다. 비록 과거를 고칠 수는 없지만, 고난에 대한 의미를 깨달으면 과거는 치유된다. 그리고 모든 것을 합력하여 선을 이루시는 하나님의 사랑도 느끼게 된다.

기적의 조건

인생을 살다보면 좌절감에 싸이고 삶이 비참하게 느껴질 때가 있다. 우선 이유 없는 불행이 찾아 왔을 때이다. 갑자기 심각한 질병에 걸리거나, 가까운 사람이 교통사고라도 당하게 되는 날에는 당황하게 된다.

또한 자기 자신을 믿을 수 없을 때 삶이 참담해진다. 내가 이것밖에 안 되나 하는 자괴감이 자신감을 떨어뜨리고 삶의 희망을 흐리게 한다.

그런가하면 노력한 만큼의 대가가 없을 때도 허탈감에 울게 된다. 열심히 노력했는데 결과가 만족스럽지 못할 때, 자신의 지혜와 지식과 노력이 물거품이 될 때, 우리는 심한 좌절감을 맛본다.

그리고 미래에 대한 희망이 없을 때 좌절과 고독이 엄습한다. 나의 고민에 동참해 줄 사람이 없다는 외로움에 스스로 비참함을 느낀다. 때론 현재 하는 일이 무의미해질 때도 있다. 먹고 살기 위해 의미 없는 일을 반복하는 노동은 마음을 멍들게 하고 인생을 허무감에 싸이게 한다.

세상에서 가장 비참하게 좌절감을 맛본 어부가 있었다. 그는 밤새도록 노력했지만 단 한 마리의 고기도 건지지 못했다. 그에게 이런 경우는 없었다. 그는 바다에서 잔뼈가 굵었지만 이 참담한 상황을 설명할 수 없었다. 함께 했던 동료 어부들도 원인분석을 하지 못하기는 마찬가지였다. 그날 밤은 노력한 만큼의 대가가 전혀 주어지지 않아 공허하고 쓸쓸한 밤이었다. 그는 이제 자신을 믿을 수가 없게 되었다. 자신의 의지를 총동원하여 동이 틀 때까지 악착같이 노력했으나 허사였으니 말이다. '오늘 하루를 어떻게 보내야하나?' 하면서 그는 아무런 희망 없이 아침을 맞이해야 했다.

그는 이젠 고기 잡는 일이 신물 난다고 생각하면서, 허망함을 안겨 준 그물을 습관처럼 씻었다. 집에서 기다리는 가족을 만날 낯이 없어 그의 얼굴엔 웃음기도 핏기도 없었다.

바로 이러한 인간의 한계상황 속에서 하나님의 역사가 시작된다. 우리가 막다른 골목에서 할 수 없다고 포기할 때 하늘의 기적이 시작되는 것이다. 성경은 인간이 하나님을 찾는 이야기가 아니라 하나님이 인간을 찾으시는 이야기다. 베드로가 한계상황에 있을 때 주님이 등장하셨고, 그물이 찢어질 정도로 고기가 잡히는 기적이 일어났다. 한계상황 속에서 하나님의 기적을 경험해야 주님의 제자가 될 수 있다.

내 안의 감사

40년을 하반신 불구자로 산 여인이 있었다. 실은 간단히 고칠 수 있었는데 돌팔이 의사를 만나 불구자가 되었다. 그녀는 세인의 눈초리를 의식하며 열등감에 젖어 살아왔다. 다행히 이 여인의 처지를 이해하고 그 인격을 사랑하는 남자를 만나 둘은 결혼하게 되었다. 곧 자식도 태어났고 아이들은 건강하게 잘 자랐다.

나중에 이 여인은 우연한 기회에 알게 된 유능한 의사를 통하여 불구의 몸을 정상으로 되찾게 되었다. 비교적 간단히 탈골된 뼈를 교정하는 수술만으로 정상을 되찾았으니, 굳이 불구로 살지 않아도 되었을 지난 40년의 세월이 억울하고 분할 뿐이었다. 그녀는 한없이 울고 자신을 오진한 과거의 의사를 원망하면서 며칠을 보냈다.

그녀를 얼마간 지켜본 남편이 조용히 이렇게 말했다. "당신이 그런 장애가 없었다면 나같이 볼품없는 사람하고 결혼했겠소? 또 내가 당신하고 결혼할 마음이 있었겠소? 그리고 우리의 귀여운 아이들이 세상에 태어나기나 했겠소? 우리가 세상의 그 어느 부부보다도 지금 사랑하고 있으며, 하나님의 선물인 우리의 아이들이 이렇게 함께 있으니 오히려 그 의사에게 감사해야 하지 않겠소?" 남편의 말을 통하여 여인은 감사의 조건을 찾았고, 하나님께서 모든 것을 합력하여 선이 되게 하셨음을 깨닫게 되었다.

고난의 때가 오는 것이 반가울 리는 없다. 그러나 잘 생각해보면 기왕에 닥친 고난들은 결국 유익이 되었으며 우리를 성숙하게 만들었다. 아버지를 떠나기 전의 탕자와 돌아온 후의 탕자는 같은 사람이 아니다. 고난이 그를 성숙하게 만들었고 반성하게 만들었고 사람다운 사람으로 만들었다. 고난이 내게 유익이 되게 하기 위해서는 남을 탓하지 말고 자신의 부족함을 돌아보는 마음이 있어야 한다. 남이 나를 불행하게 한 것이 아니라 내가 나를 잘못 보며 살아서 불행해졌다고 생각하면서, 고난을 은총으로 재해석하는 깊은 성찰이 있어야 하겠다.

요셉은 연속되는 고난 속에서도 남이 나를 불행하게 했다고 원망하지 않았다. 오히려 하나님과의 관계성 속에서 자신을 항상 돌아보며 자세를 바르게 하여 고난을 유익으로 바꾸었다. 이것이 신앙이다.

내 안의 나

5대 0으로 지고 있는 축구 경기에서, 남은 시간이 3분밖에 되지 않는 상황은 절망적이다. 릴레이 경기에서 앞의 주자가 너무 늦게 바통을 주어서 아무리 달려도 꼴찌가 될 수밖에 없는 상태는 절망적이다. 목적지까지 정한 시간에 가야 하는데 예기치 않은 사고로 고속도로가 꽉 막혀버린 경우를 만나면 절망적이다.

인생에 있어서 가장 무서운 적은 바로 이 절망감이다. 삶의 굴레가 너무 무겁고 힘들어서 더 나은 인생이나 변화된 삶을 생각하는 것조차 불가능할 때, 인생을 획기적으로 전환시킬만한 시간도 없고 능력도 없어 무력하게 미래의 시간을 맞이하여야 할 때, 우리는 고통스럽다. 인간은 적어도 '어떻게 하면 보다 나은 삶을 살 것인가?'를 고민할만한 여유와 생각이 있어야 한다. 그래서 삶의 목표를 설계하고 이에 걸맞는 변화를 시도하면서 살아야 사는 맛이 있는 것이다.

어떤 거지가 있었다. 얼굴에 생기도 없이 매일 구걸이나 하며 살고 있었다. 물론 인생에 대한 설계나 희망도 없었다. 그의 눈은 항상 땅을 처다보고 한 줌의 빵만을 찾고 있었다. 비굴한 표정과 남루한 옷밖에는 가진 것이 없었다. 그런데 이 거지가 움 틀고 사는 장소의 길 건너 이층에 한 화가가 있었는데, 어느 날 그는 이 거지를 모델로 그림을 그렸다. 화폭에는 더러운 옷을 입고 깡통을 차고 때 묻은 얼굴을 한 거지 하나가 그려졌다. 그러나 이 화가는 거지의 눈에 분명한 초점이 있는 반짝이는 눈동자를 그려 넣었다. 더러운 얼굴엔 야심 찬 표정을 넣었다. 비록 깡통을 차고 있지만 강철 같은 굳은 의지의 사나이로 각색하여 그린 것이다.

그는 이 그림을 거지에게 선물로 주었다. 거지가 이 사람이 누구냐고 물었다. 화가는 바로 당신이 이 그림의 주인공이라고 말했다. 그 말을 듣는 순간 이 거지의 마음에 변화가 일기 시작하였다. 거지는 남루한 겉사람 속에 있는 진정한 자기 자신의 모습을 보기 시작하였다. 그의 눈빛은 그 그림의 자신을 닮기 시작하였고, 그의 마음은 인생을 설계하고 희망을 향해 움직이기 시작하였다.

이것이 바로 주님께서 사마리아 여인에게 그려주신 자화상이요, 복음 안에서 우리들이 발견하는 자화상이다.

내 탓이요!

옛날 어느 마을에 갓 시집을 온 나이 어린 며느리가 있었다. 하루는 시어머니가 솥에 쌀을 안치고는 며느리에게 장작불을 때라 이른 뒤 잠시 밖으로 일을 보러 나갔다. 며느리는 아궁이 앞에 앉아 불장난을 하면서 불을 땠다. 그런데 어디선가 이상한 냄새가 났다. 깜짝 놀라 솥뚜껑을 열어 보니 밥이 새까맣게 타 있었다. 식구들의 한 끼 밥을 망쳐 놓은 것이다. 며느리는 그만 부엌바닥에 털썩 주저앉아 엉엉 울었다. 그때 시어머니가 돌아와서 우는 며느리를 보며 자초지종을 물었다. 하지만 며느리는 차마 말을 못하고 손으로 솥을 가리키며 계속 울기만 했다. 시어머니가 솥뚜껑을 열어 보더니 별일 아니라는 얼굴로 며느리를 다독였다. "괜찮다. 내가 늙어서 눈이 어둡다 보니 밥물을 잘못 안쳤구나."

조금 뒤 아들이 들어오다가 이 광경을 보고 말했다. "아이쿠, 아침에 내가 귀찮아서 물을 조금만 길어다 놓았더니 물이 적어서 그랬군요. 제 잘못이에요." 조금 뒤 시아버지가 들어오다가 또 이 광경을 보았다. 며느리는 바닥에 앉아 울고, 부인과 아들은 서로 자기 잘못이라고 하니 무슨 일이 있었는지 물었다. 부인에게서 사정을 다 듣고 난 시아버지는 또 이렇게 말했다. "다 그만 둬라. 내 잘못이다. 늙은 내가 아침에 근력이 부쳐 장작을 굵게 패 놓았더니 불이 너무 과해서 그런 모양이다."

'실수는 사람이 하고 용서는 하나님이 하신다.' 는 말이 있다. 실수는 누구든지 할 수 있고 어디든지 사람 사는 곳이면 발생한다. 그 실수에 대하여 성숙하게 대처하는 공동체일수록 행복과 평화가 보장된다. 실수에 대한 성숙한 대처란 하나님의 성품을 가지고 '내 탓이요!' 라고 말하는 것이다. 한 사람의 실수에 대하여 '나도 허물이 많다.' 라고 모든 구성원이 동참한다면 그 가정은 항상 평안한 분위기를 유지할 수 있다.

교회는 거대한 가족공동체이다. 하나님이 세상에 만드신 두 종류의 공동체는 바로 가정과 교회이기에 이 둘은 본질상 하나님 나라의 속성을 지니고 있다. 교회에서는 사람들의 실수와 허물이 종종 발생한다. 교회야 말로 '내 탓이요!' 가 절실하게 요구되는 공간이다. 한 사람의 실수에 교회 구성원 모두가 동참해 주고, 우는 자들과 함께 울어 준다면 교회야말로 지상의 천국이 되지 않겠는가?

늙음을 재촉하는 원인

유대인의 탈무드에는 다음과 같은 이야기가 있다. 인간의 늙음을 재촉하는 네 가지 원인이 있는데, 공포와 분노, 자식, 악처가 그것이라는 것이다.

우선 공포가 인간의 수명을 단축시킨다. 인간이 공포로부터 자유로운 삶을 사는 것은 축복이다. 그런데 인간은 전쟁과 기근과 죽음으로부터 오는 공포에서 자유롭지 못하다. 더구나 죄를 짓고 형벌을 기다리는 공포는 인간을 두렵게 만든다.

그리고 분노는 정신적으로 병이 든 상태이다. 분노하는 자는 이미 사랑에서 떠난 자이고 자신을 저주하는 사람이다. 그는 모든 것을 부정적으로 생각하기 때문에 세상이 타도의 대상이 된다.

또한 자식의 문제는 모든 사람들의 걱정거리이다. 구약성경의 엘리도 사무엘도 자식이 문제였다. 자식은 없으면 없는 대로 걱정거리고, 있으면 있는 대로 걱정거리다. '무자식이 상팔자'라는 말은 괜한 말이 아니다.

마지막으로 악처의 문제다. 행복은 부부 사이에서부터 시작된다. 자식들이 아무리 잘해 주어도 사랑하는 아내나 남편만 못하다. 어떤 목사님은 까만 머리였는데 부인과 사별 후에 갑자기 백발이 되어 버렸다. 하지만 부부 사이에 사랑은 고사하고, 뜻이 맞지 않아 서로 스트레스를 받는다면 사는 것이 고통이 된다. 형의 부인은 형수, 동생의 부인은 제수, 그리고 자기 부인은 '원수'라는 말도 생겨났다.

인간이 늙어 가는 이유는 바로 위의 네 가지 중 어느 하나에 걸리지 않는 것이 없기 때문이다. 공포에 사로잡히거나, 분노가 마음에 가득하거나, 자식이 속을 썩이거나, 부부간에 상처를 받으면 사람의 마음에 평화가 사라진다. 그리고 미래가 없는 듯한 느낌이 든다. 죽지 못해 살게 되는 것이다. 그리고 고독을 느낀다. 나 혼자라는 생각, 아무도 나를 이해해 주지 않는다는 생각, 누구의 사랑도 믿을 수 없다는 생각에 서서히 죽어가는 것이다. 자신감이 없어지고, 우울증에 걸리고, 피해의식이 생기고, 사람을 만나는 일을 꺼리게 되고, 경쟁을 포기한다. 그러다 결국 낙오자라는 의식 속에서 폐인이 되는 것이다.

아무리 생각해도 이 고통의 세상에서 구세주는 예수님뿐이다. 세상이 알지 못하는 평안을 주시는 그분만이 우리의 기쁨이요 생명이시다. 예수님 안에서 우리는, 겉사람은 늙어지나 속사람은 매일 젊어지고 새로워지는 경험을 할 수 있다.

단순성의 회복

　20세기에 살면서 인류에게 큰 감동을 남긴 알버트 슈바이처는 현대 인간들의 정신적 특징을 단순성의 상실이라고 말했다. 단순함에는 힘이 있다. 그리고 심오한 진리의 중심에는 단순함이 있다. 오늘날의 파괴되고 기형화된 인간성을 회복하려면 모든 것을 단순화해야 한다. 그런데 현대인들은 단순한 것을 싫어한다. 오히려 하루가 다르게 복잡한 것을 추구한다. 가령 인간은 시간을 절약하기 위해서 컴퓨터를 개발하였다. 그러나 컴퓨터가 시간을 절약해 주는가? 컴퓨터 앞에만 앉으면 별로 한 깃도 없이 1시간이 금방 지나간다.

　단순성의 상실은 극단적인 감정을 불러왔다. 자기에게 주어진 자유를 무한대까지 누리려는 욕망이 분출되면서 절대 진리나 규범은 사라지고, 각자가 스스로 세운 규범과 기준에 따라 살아간다. 남에 대한 배려도 없다. 내가 옳으면 옳은 것이요, 내가 하고 싶으면 하는 것이다.

따라서 단순성의 상실은 불협화음의 시대를 낳았다. 모든 인간이 스스로 만물의 척도요 진리의 기준이요 규범의 중심이다 보니, 충돌과 갈등과 반목과 전쟁과 생존경쟁이 판을 치게 되었다. 자살 사이트를 만들어 살인을 하고도 죄의식이 없고, 각종 퇴폐 문화를 예술이라는 명목으로 부추기면서도 아무런 가책이 없다.

슈바이처가 살던 시대에, 히틀러의 부하들 중 유대인들을 대상으로 인간 생체 실험을 하면서도 교회에 열심히 출석하며 예배를 드리는 사람들이 있었다. 단순성을 잃어버린 유럽 사회가 유대인들에게 끔찍한 만행을 저지른 것에 대해, 슈바이처는 속죄하는 마음으로 말없이 아프리카로 떠났다. 그리고 그는 생각을 단순화하여 오로지 예수의 정신을 이데올로기화하지 않고 실제의 삶 속에서 실천했다.

그는 당시의 문명의 이기인 타자기를 쓰지 않고 모든 글과 편지를 손으로 직접 작업하여 원고를 남겨 놓았다. 그의 단순성은 생명에 대한 경외 사상을 낳게 하였고, 그로 하여금 반전 반핵운동가가 되게 하였다. 그가 찾은 단순성은 인류의 고귀한 교훈과 유산으로 남아 있다.

목마름

살아가면서 피곤한 것 중 하나가 바로 인간관계이다. '인간관계' 하면 '피해' 나 '갈등' 같은 부정적인 단어가 연상된다. 피해를 입거나 갈등을 겪으면서 사람들은 인간관계를 회피하게 되었다. 우리는 가끔 아는 사람이 없는 곳에 가서 살아보고 싶은 생각을 하곤 한다.

'군중 속의 고독' 이란 진부한 표현이 있다. 현대인들은 서로에게 단절된 삶을 요구한다. 현대인의 교양이란 별것 아니다. 내가 다른 사람에게 피해 주지 않고, 나도 다른 사람으로부터 피해 받지 않고 사는 것이다. 그러다 보니 현대인들에게는 친구가 없다. 심지어 가정안에서도 짐을 지려하지 않는다. 출산율이 저하되고 이혼율은 높아지고 있다. 현대인들은 인간관계에 목마른 상태이다.

사람을 피곤하게 하는 것이 또 하나 있다. 바로 무의미한 일의 반복이다. 일은 단순히 돈을 벌기 위한 수단이 아니다. 일을 통해 삶의 의미를 발견할 수 있기에 부지런히 일하는 것이다. 목숨을 부지하기 위해 의미 없는 일을 반복한다면 피곤한 것이다.

어떤 초등학생이 방학이 다 지나가도록 놀다가 개학날이 닥쳐서야 한 달 치 일기를 한꺼번에 썼다. 첫째 날은 '오늘은 아침에 일어나 세수하고 밥 먹고 친구하고 놀다가 잤다.'고 쓰고, 둘째 날은 '오늘은 아침에 일어나 세수하고 밥 먹고 동생하고 놀다가 잤다.'고 쓰고, 셋째 날은 '오늘은 아침에 일어나 세수하고 밥 먹고 컴퓨터게임하며 놀다가 잤다.'라는 식으로 반복되는 일상을 나열하였다.

어른들의 생활은 어떤가? 조금 복잡할 뿐이지 대동소이하다. 오늘의 일과란 아침에 일어나서 세수하고 출근하여 일하다 밥 먹고 퇴근하여 TV보다가 자는 것 아닌가? 이 무의미하고 반복되는 일상의 생활 속에는 희망이 없다. 비전도 없고 윤리도 없다. 그저 하루하루 즐기면서 목숨을 연명하다가 인생이 다 가 버린다.

어떤 젊은이는 20년 뒤의 자기 인생이 빤히 보이는 것 같아 한숨 쉬고 체념하며 살고 있다고 한다. 사회라는 거대한 기계의 톱니바퀴 중의 하나가 되어, 벗어날 수 없는 굴레 속에서 다가오는 운명에 아무런 저항 없이 살아가야만 하는 현대인들은 희망에 목마른 상태이다. 2천 년 전 한 여인처럼, 목마른 모든 영혼에게 생명수가 필요하다.

물같이 흐르는 세월처럼

세월이 흐른다고 말한다. 세월을 흐르는 물에 비유해서 생긴 말일게다. 인생을 살면서 물의 흐름을 자세히 관찰해 보면 많은 지혜를 얻을 수 있다. 물은 높은 곳에서 낮은 곳을 향하여 흘러간다. 물이 낮은 곳을 지향할 때 생수가 된다. 낮은 곳으로 흐르는 물은 마실 수 있는 물이 되고 환경을 정화시키고 고기들이 뛰노는 생명수가 된다. 그러나 물이 흐름을 멈추고 정지하면 부패하게 되고 악취가 나고 고기들이 죽고 마실 수 없게 된다. 죽음의 물이 되는 것이다.

인생은 흐르는 물과 같다. 낮은 곳을 지향하며 흐르는 물처럼 살아야 한다. 그래야 생명을 유지하고 사람들에게 유익을 주어 주변이 사랑과 평화로 충만해진다. 하지만 낮은 곳으로의 흐름을 멈추게 되면 부패하여 싸움이 시작되고 평화가 사라지게 된다. 물이 올라갈 때가 있다. 해일이 일고 쓰나미가 닥치면 모든 것이 파괴되고 죽고 아수라장이 된다. 높아지려는 사람들이 가득한 공동체엔

분열이 생기고 고소와 고발이 난무하게 된다.

우리는 얼마나 살았는가? 몇 년을 믿었는가? 직분을 받은 연수는 얼마나 되었는가? 지나간 연수와 경력을 자랑하지 말고 얼마나 낮은 곳을 향해 흘렀는가를 반성해 보자. 내가 흐르지 못해 생긴 불협화음과 다툼과 싸움과 무질서는 없었는지 돌아보고 회개해야하겠다. 내려가지 못하고 오히려 올라가려는 욕심 때문에 생긴 행위들을 부끄러워하는 시간이 우리에게 필요하다.

물이 흘러 내려가면 바다를 이룬다. 바다를 이루는 물은 내려가고 또 내려간 물이다. 넓고 깊고 심오한 바닷물이 되기 위해서는 한없이 내려가야 한다. 겸손을 지향하며 내려가는 자는 그 과정에서 손해를 볼 수도 있으나, 결국은 바다의 물 같은 축복을 받는다. 아직 흐르지 못한 개울물은 소리는 요란하고 모양새는 현란할지 모르나 결코 바닷물이 될 수는 없다.

바다는 중후하다. 바다는 위엄이 있다. 개울물이 감히 범접할 수 없는 카리스마가 있다. 개울물의 현란함에 중독이 되어 더 이상 흐르지 못하는 사람들이 너무도 많이 있다. 이제 그만하면 되지 않았나? 세상적인 욕심을 다 버리고, 알량한 자리에 대한 다툼도 다 내려놓고, 높아지려는 허영심을 버리고, 정지하려는 유혹을 뿌리치고, 세월의 흐름 속에서 우리도 함께 내려가고 흘러감이 어떠하리!

비판하지 말라

18세기 미국 독립선언문을 기초한, 정치가요 외교관이요 과학자요 저술가요 사상가인 벤자민 프랭클린(Benjamin Franklin)은 젊은 시절 대인관계가 매우 서툴렀다. 그는 자신의 대인관계에서 가장 큰 문제점이 무엇인가를 스스로 반성하던 끝에 남에 대한 비판이 열쇠라는 것을 깨달았다.

그는 남을 칭찬하지 못하고 주로 비판을 일삼아 왔다. 그런데 남에 대한 비판 속에는 자신에 대한 열등감과 남이 알아주지 않는 데서 오는 분노가 숨어 있었음을 발견했다. 남에 대한 진정한 존경심이 없었기에 자기보다 못난 사람에 대하여는 무시하고, 자기보다 잘난 사람에 대하여는 질투 섞인 말과 단점 들추기를 일삼았던 것이다. 그는 남이 알아주지 않음에 대한 답답함에 못 이겨 자기 피알(PR)을 했던 것과, 모든 대화의 자리에서 자기주장대로 사람들을 이끌어가려 했던 것과, 남의 의견에 귀를 기울이지 않았던 것들을 반성하였다.

그가 외교적 수완가로서 사람을 다루는 법을 터득한 뒤에는 이렇게 말했다. "경험이 나에게 가르쳐 준 것이 있다. 상대방이 불유쾌한 말을 할지라도, 그것을 싫어하지 말고 도리어 적극적으로 받아들여야 한다. 그리고 지금 상대방의 의견을 존중하고 있다는 것을 표현해야 한다. 그럴 때 상대방도 나의 의견을 존중해 준다."

그는 자신의 성공비결을 묻는 사람들에게 또 이렇게 말하였다. "나는 결코 다른 사람의 단점을 들춰내지 않고 장점에 대해서만 이야기하고 칭찬하려 한다."

사람의 인격은 자기보다 못한 상대를 평하는 태도에서 드러난다. 또 자기보다 나은 사람을 대하는 태도에서도 됨됨이를 엿볼 수 있다. 성경은 우리에게 "비판하지 말라."고 가르친다. 또한 "각각 자기보다 남을 낫게 여기라."고 말씀하신다. 남의 단점을 고쳐주려는 자세는 나쁜 것이 아니다. 그러나 그 전에 해야 할 일은 나의 결점을 먼저 고치려는 노력이 있어야 한다.

우리는 논리에 의하여 세상을 살아가는 것 같지만 그렇지 않다. 인간관계는 논리에 앞서서 감정의 문제가 더 크게 작용한다. 우리처럼 정이 많은 민족에게는 더더욱 중요한 문제이다. 평안을 빌면서 '샬롬' 이라고 먼저 인사해야 하지 않겠는가?

사람 냄새

미국의 유명한 문화인류학자 에드워드 홀(Edward T. Hall)은 인간과 인간 사이의 거리와 공간을 다루는 학문을 연구하면서, 사람과 사람 사이의 심리적 거리(interpersonal distance)에 다음과 같은 네 가지 유형이 있음을 발표하였다.

첫째는 밀접거리(intimate distance)이다. 이는 사람이 손을 뻗어 닿을 수 있고 냄새를 맡을 수 있는 정도의 거리로 가족들이 접촉하는 거리를 말한다. 이 거리 내에서는 사랑하거나 싸우거나 하는 극단적인 상황이 벌어진다.

둘째는 개체거리(personal distance)이다. 이는 다른 사람과 일상적인 목소리로 대화를 나눌 수 있는 정도의 거리인데, 어떤 것을 자세히 보고 들을 수 있는 거리이다.

셋째는 사회거리(social distance)이다. 이는 큰 소리로 상대방을 부를 수 있는 거리로, 친구나 직장동료들 간에 상호작용이 행해지는 거리이다. 이 거리 안에서는 공식적이거나 사업적인 행위가 이루어진다.

넷째로 공중거리(public distance)이다. 이는 대형 음향시설 등을 통해 접촉할 수 있는 거리로, 축구장, 선거유세장, 공연장 등 공식적 대중 집회나 강연이 행해지는 거리다. 이 거리에서는 개개인의 시각적 접촉이 감소한다.

이 거리 감각을 유지하는 것이 문화인이고 교양인이다. 가령 가족끼리는 서로 사람 냄새를 맡고 한방에서 뒹굴면서 살아간다. 멀리 있어도 마음은 하나인 것이 가족의 거리이다. 식구 중에 누가 누구에게 접근하는 것이 싫고 거리감이 있으면 이는 문제 있는 집안이다. 그러나 만일 사람이 얼마 없는 버스 안에서는 빈자리를 놓아두고 서로 붙어 앉으면 오히려 실례가 되고 불쾌감이 생긴다.

사람들은 다른 사람과 적당한 거리를 유지하면서 살아간다. 혼잡한 버스나 엘리베이터 속에서 물리적 거리가 가깝다고 심적 거리까지 가까운 건 아니다. 이 삭막한 세상에서 가족 같이 소중한 한 사람의 친구라도 얻었다면 그는 이미 인생의 성공자라고 말할 수 있다. 너무나 경계심이 가득한 인간관계에서 사람 냄새를 맡기란 여간 어려운 일이 아니기 때문이다. 사람이 그립다.

사람답게 사세요

재미난 이야기가 있다. 조물주께서 소를 만드시고 "너는 60년만 살아라. 단 사람들을 위해 평생 일만 해야 한다." 라고 했더니, 소는 30년은 버리고 30년만 살겠다고 하였다. 다음엔 개를 만드시고 "너는 30년을 사는데 평생 집안에서 살면서 사람들을 위해 집만 지켜라." 라고 했더니, 개는 15년은 버리고 15년만 살겠다고 하였다. 또 원숭이를 만드시고 "너도 30년을 사는데 평생 사람들을 위해 재롱을 떨어야 한다." 고 했더니, 원숭이 역시 15년은 버리고 15년만 살겠다고 하였다.

조물주께서는 마지막에 사람을 만드시고 "너는 25년만 살아라. 너에게는 생각할 수 있는 머리를 주겠다." 라고 했더니, 사람이 청하기를 "그럼 소가 버린 30년과 개가 버린 15년과 원숭이가 버린 15년을 모두 주세요." 라고 하였다. 그래서 사람은 25살까지는 인생을 설계하는 꿈 많은 시간을 보내지만, 그 후 55세까지 30년 동안은 소처럼 죽도록 일만하며 보낸다는 것이다. 그리고 은퇴한 후에는 개처럼 집을 지키면서 보내야 하고, 노년에는 어린아이가 되어 원숭이처럼 손자 손녀 앞에서 재롱을 떨면서 보내야 한다는 것이다.

어린 시절의 꿈대로 이루어진 인생은 드물다. 돌이켜보면 후회스러운 시간들이 많이 생각난다. 흘러가는 시간 속에 죽은 나뭇잎처럼 쓸려 간다면 사람답게 살 수가 없다. 정말 소가 되고 개가 되고 원숭이가 될 확률이 높아진다. 흐르는 세월을 붙잡아 내 것으로 만들고 생산적인 삶을 살아야 인간이다.

65세에 은퇴하고 95세가 될 때까지 허송세월한 어떤 분의 수기에는 다음과 같은 후회의 글이 있었다. "은퇴 후 30년의 시간은 내 인생의 3분의 1에 해당하는 기나긴 시간입니다. 그때 나 스스로가 늙었다고, 뭔가를 새로 시작하기에는 늦었다고 생각했던 것이 큰 잘못이었습니다."

신년의 종소리가 엊그제 같은데, 눈 깜짝할 사이에 시간이 또 많이 지나가 버렸다. 눈을 두세 번만 깜빡이면 곧 성탄절이 다가올 것 같은 기분이 든다. 우리는 여름 장마의 급류 앞에 속수무책으로 겁을 먹고 서 있는 사람처럼, 빠른 속도로 지나가는 시간 앞에서 무엇을 해야겠다는 의지마저 꺾인 채, 하루하루를 살아가고 있지는 않나 반성해야겠다. 사람다웠던 그 옛날로 돌아가서 인생을 다시 한 번 설계하고 최선을 다하는 인간다운 삶을 살아야 하겠다.

사랑은 오래 참고

　19세기 영국의 빅토리아 여왕 시대에 유태인의 피가 흐르면서도 수상을 두 번이나 역임했던 벤자민 디즈렐리(Benjamin Disraeli)는 천성적으로 야심가였다. 그는 출세를 위해서라면 무엇이든 해서 자신의 야심을 이루어 내고야 말았다.

　디즈렐리는 문학가였던 아버지로부터 물려받은 글재주로 소설을 써서 유명해지려 하였다. 그는 처음에 '새내기 공작'(Young Duke)이라는 소설을 출간하였는데, 여기에 나오는 '다크 호스'(Dark Horse)라는 정치적 신조어는 오늘날까지도 여러 의미로 쓰이고 있다.

　작가로 조금 유명해진 후 28세 때 그는 정치에 입문하였다. 하지만 하원 의원에 무려 여섯 번이나 낙선하였고 일곱 번째야 겨우 당선되었다. 그는 뜻을 이루기 전에는 결혼도 하지 않겠다고 다짐하였기에 35세가 되어서야 결혼을 하였다. 그러나 그에게는 결혼도 출세를 위한 수단에 불과하였다. 그가 택한 여자는 15년 연상인

나이 50세의 돈 많은 과부 루이스였다. 루이스는 머리가 희끗희끗하게 늙었고 공부도 못했고 평민 출신에 촌스러움까지 배어 있었지만, 오로지 돈 때문에 그녀와 결혼한 것이었다.

하지만 부인 루이스는 그런 디즈렐리를 받아들이고 헌신적으로 그의 뒷바라지를 했다. 자기가 가진 돈 때문에 남편이 결혼한 것을 알면서도 기쁘게 돌보았다. 그리고 정치밖에 모르면서 자신의 존재를 무시하는 남편을 원망하지 않고, 정치판 속에서 남편이 지치고 힘들 때마다 위로자가 되어 주었다. 애정 없이 결혼하였던 남편도 점점 그녀에게 사랑을 느끼게 되었다. 디즈렐리는 가정에서 진심으로 삶의 안식을 얻었다. 그녀는 마침내 남편도 성공시키고 사랑도 얻게 되었다.

결혼 30년이 지난 후에 디즈렐리와 루이스는 어느 만찬석상에서 서로의 사랑을 고백했다. 디즈렐리가 그녀에게 내가 결혼한 것은 당신의 돈 때문이었다고 솔직하게 털어놓았을 때, 그녀는 "다시 결혼한다면 사랑 때문이겠지요?"라고 대답하였고, 그는 조용히 고개를 끄덕였다.

오늘날 우리의 사랑은 너무 이기적이고 현실적이고 근시안적이고 물질적이다. 사랑의 완제품만을 원하고 불완전한 사랑을 완전하게 만들어갈 줄은 모른다. 사랑의 속성이 오래 참음이건만 사랑을 위한 참을성이 너무 없어서 세상에는 사랑이 없고, 사람들은 사랑에 목말라 하고 있다. 오래 참으며 만들어내는 사랑이 그립다.

사랑과 집착

사람이 일생을 두고 정신적으로 집착하는 일이 바로 사랑이다. 이 집착에 의한 사랑은 두 가지의 형태로 나타나는데, 사랑 받는 일과 사랑하는 일이다. 사랑을 받으려고만 집착할 때 그것은 이기적이다. 왜냐하면 오로지 자신의 욕구를 채우려고 사랑의 대상을 원하기 때문이다. 반대로 사랑을 주고 있지만 그것이 집착일 때가 있다. 자신의 못 이룬 욕망을 자식에게 요구하면서 그것이 사랑 때문이라고 말하는 것도 이기적인 사랑이다.

이렇게 집착하는 사랑을 심리학자 프로이트는 '리비도'(libido)라고 불렀다. 인간이 어린아이일 때는 엄마에게서 리비도를 찾는다. 엄마에 대하여 집착하는 것이다. 7살쯤 되면 리비도가 친구나 또래집단으로 옮겨진다. 이른바 미운 7살이 되는 것이다. 엄마와의 관계가 예전 같지 않다. 사춘기가 되면 이성이 리비도의 대상이 된다. 청년기에는 결혼을 하여 부부끼리 사랑을 나누지만, 이 또한 리비도의 연장선상에서의 사랑이다. 곧 권태기가 찾아온다. 상대방의 결점이 보이고 리비도의 본색이 드러나면서 충돌이 일어난다. 이 권태기를 극복하기 위해서 사람들은 태어난 어린 자식에게 리비도를 옮긴다.

세상에서의 최고의 사랑이 자식에 대한 부모의 사랑이라고는 하지만, 그 근원은 리비도이다. 자식이 성장하여 부모를 떠나 결혼을 할 때가 되면, 부모는 또 빈 마음의 공허함을 느낀다. 이제 손자 손녀 보는 재미밖에는 없다. 눈치가 있는 사람이라면 결혼하여 친정 갈 때 부모를 위해 꼭 손자 손녀를 데리고 가서 어른들 품에 안겨 드려야 하는 것이다. 손자마저 커서 할아버지 할머니를 거부할 때가 되면, 이제는 정말 빈 둥지에 늙은 부부 둘이서 서로 등을 긁어 주며 리비도를 되씹을 수밖에 없다. "당신밖에 없수!" 이래가면서 말이다.

오늘도 인간들은 참 사랑의 의미를 모른 채 리비도에 머물면서 집착을 사랑으로 착각하며 불행하게 살고 있다. 집착이 아닌 아가페의 진정한 사랑은 인간에게 아주 불가능한 것일까? 사랑이 그립다. 진정한 사랑을 하고 싶다.

사랑이 뭐냐고 물으신다면

영국의 시인 알프렛 테니슨(Alfred Tennyson)이 쓴 이야기 식 서사시 〈이녹 아덴〉(Enoch Arden)이 있다. 이녹과 애니 그리고 필립은 어렸을 때 소꿉친구였다. 이녹과 필립은 똑같이 애니를 사랑하였지만 내성적인 필립보다는 적극적인 이녹이 애니와 결혼하게 된다. 이녹과 애니 사이에 아이들이 태어난다. 이녹은 불우한 어린 시절을 생각하면서 아이들에게만은 가난을 물려주지 않을 생각으로 돈과 성공을 위하여 배를 타고 중국으로 간다. 그러나 그는 돈을 벌어 돌아오는 길에 풍랑을 만나 파선하고 무인도에 정착하게 된다. 그는 아주 오랜 세월동안 고향 땅을 밟지 못한다.

한편 생활고에 시달리던 애니는 필립의 청혼에 못 이겨 결혼하게 되고, 애니는 필립의 아이를 낳는다. 필립은 이녹의 아이들까지 자기 자식처럼 사랑하면서 행복하게 살아간다. 오랜 세월 뒤에 이녹은 무인도에서 극적으로 구제되어 타향살이를 끝내고 반백의 머리를 하고 고향으로 돌아온다. 그러나 고향의 여관 주인으로부터 애니와 필립이 결혼한 사실을 알게 된다. 이녹은 밤에 아내가 있는 필립의 집을 찾아간다. 창문 너머로 보이는 행복한 가정의 모습, 아내의 미소를 보면서 이녹은 자신의 생존을 알리지 않고 조용히 물러난다. 그는 여관에서 1년의 시간을 더 보낸 뒤 죽음을 맞는데, 죽기 전 여관 주인에게 자기가 애니의 남편 이녹임을 알리고, 이 사실을 자기가 죽은 후에 애니에게 전해달라고 한다. 이녹은 외롭게 홀로 죽어간다.

예수 믿는 우리에게는 한 작가가 꾸며낸 위의 이야기가 별로 특별하지 않다. 왜냐하면 주님이 십자가로 보여 주신 사랑에 비하면 놀라울 것이 없기 때문이다. 십자가의 사랑을 받았기에 우리는 사랑을 안다. 사랑이 무엇이냐는 질문에 우리의 머리는 정답을 벌써 알고 있다. 그러나 우리의 행동은 사랑을 모른다.

성경말씀대로 말세가 되었다. 사람들은 자기를 사랑하며 뽐내며 교만하며 하나님을 모독하며 감사할 줄 모르며 무정하며 원한을 풀지 않으며 비방하며 절제가 없으며 난폭하며 선을 좋아하지 않으며 배신하며 무모하며 자만하다(딤후 3:2-4). 물러설 줄 모르고 양보할 줄 모르고 희생할 줄 모르고 남을 배려할 줄을 모른다. 걸핏하면 고소하고 고발하고 싸우고 미워한다.

사랑이 뭐냐고 주님이 물으신다면, "네 죄를 대속했건만 너 무엇 하느냐, 너 무엇 하느냐?"라고 탄식하시며 주님이 물으신다면, 우리는 할 말이 없다.

살아야 하는 이유

　인간이 사는 목적을 세 가지로 나누어서 생각해 볼 수 있다. 그 첫째는 '무엇을 하기 위해서' 이다. 인간은 학문, 예술, 정치, 사업, 장사 등의 어떤 일을 하기 위해서 산다. 둘째는 '무엇을 갖기 위해서' 이다. 돈, 자동차, 집, 또는 지위나 명예를 갖기 위해서 애쓰며 사는 사람들이 있다. 세 번째는 '무엇이 되기 위해서' 이다. 이는 고상한 목표이다. 존재의 확인이 그 인생의 목표이다. '나는 누구에게 무엇이 되어야 하는가?' 를 고민하는 마음에 자기반성이 있고 남을 향한 헌신과 사랑이 있다.

　'나는 누구인가?' 에 대한 해답은 결코 '내가 무엇을 하는가?' 에서 찾을 수도 없고 '내가 무엇을 가졌는가?' 에서도 얻을 수가 없다. '나는 누구인가?' 라는 질문은 바로 '내가 어떤 존재인가?' 라는 물음인 것이다. 내가 내 삶에서 아무런 의미도 발견하지 못한다면 하는 일도 허무하게 느껴질 것이고 많이 가진 것은 불안의 원인이 될 뿐이다. 내가 이웃에게 아무런 의미도 아닌 존재라면 이는 고독한 인생이요, 사랑을 가슴으로 느끼지 못하는 개인주의자일 뿐이다.

소위 선진국이라는 나라에 가 보면 푸른 잔디와 호수와 아름다운 공원을 옆에 끼고 있는 대자연이 눈에 들어온다. 그러나 이렇게 아름답게 조화를 이룬 자연 속에서 사는 사람들의 모습에는 조화가 없다. 사람들이 오순도순 함께 웃고 식사하고 정담을 나누는 모습을 보기가 어렵다. 오히려 여기저기서 혼자 뜨개질하고 신문 보고 잠을 자고 책을 읽고 일광욕을 하는, 어울림을 부담스러워하는 군상(群像)들과 더 마주치게 된다. 도대체 무엇이 선진국의 기준이란 말인가?

집채만 한 바위가 다 보석일 필요는 없다. 반짝이는 작은 보석 알맹이 몇 개가 박혀 있으면 그 바위를 함부로 다룰 수 없다. 산 전체가 모두 꽃일 필요도 없다. 여기 저기 아름다운 꽃이 섞여 있기만 해도 그 산은 아름다움을 풍긴다. 인간 모두가 다 의미 있는 삶을 살 수는 없다 할지라도, 오늘 이 사회의 한 구석에서 내가 무엇인가 삶의 의미를 찾고, 이웃에 대한 사랑의 관계성을 유지할 수 있다면, 사람 사는 세상이 보다 아름다워질 수 있다. 여기에 가진 것이 없고 하는 일이 변변치 않아도 '내가 살아야할 이유'가 있는 것이다.

시크릿 가든

영국 출신의 여류 미국작가 프랜시스 버넷(Frances Hodgson Burnett)은 〈소공자〉, 〈소공녀〉 등의 동화로 유명하다. 그녀는 1909년 〈시크릿 가든〉(The Secret Garden, 비밀의 화원)이라는 또 한 편의 명작 동화를 출판하였다.

인도에서 살던 메리 레녹스라는 소녀는 부모가 전염병으로 죽자 영국으로 건너와 고모부 크레이븐의 집에서 살게 된다. 건강하지도 못했고 또래 친구도 없었던 메리는 그 집의 하녀와 정원사 노인, 그리고 새와 자연을 벗 삼아 외로움을 달랜다. 그러던 어느 날 세상을 떠난 고모가 정성스레 돌보던, 지금은 잡초만이 우거진 정원을 발견하게 된다. 꽃씨를 파종하고, 잡초와 덩굴 더미를 차례로 정리하면서, 메리는 그 정원을 아름다운 꽃이 만발한 화원으로 바꾸어 버린다. 이러는 사이에 메리의 건강도 아주 좋아지고, 고모부의 병약했던 아들인 콜린의 건강도 한결 호전된다. 그리고 무엇보다도 부인의 죽음으로 시름에 잠겨 살던 고모부의 마음도 사랑과 기쁨으로 바뀐다.

이 동화는 영화와 애니메이션으로도 만들어졌다. 원작에는 없지만 영화에서는, 성장한 아름다운 아가씨 메리와 청년 콜린의 키스 장면이 마지막을 장식한다. 아마도 우리나라의 인기드라마 '시크릿 가든'의 마지막에, 아주 오래 비쳐진 사랑하는 남녀의 키스 장면은 위의 영화를 모방한 것이라고 생각된다. 일본에서도 2007년에 '비밀의 화원'(ヒミツの花園)이라는 드라마가 방영되었는데, 이 역시 남녀의 사랑이야기를 주제로 하고 있다.

'사랑은 인류의 영원한 시크릿 가든.'이라는 메시지가 위의 모든 작품들의 주제라고 보아도 좋다. 사랑은 인간의 마음속에 있는 '비밀의 화원'이기에 누구도 정확한 답을 찾아낼 수 없고, 그 정체도 알 수 없다. 사랑이 무엇이냐에 대한 대답을 얻을 수는 없지만, 사랑할 수 있음에 행복한 존재가 되는 것이 인간임에는 틀림이 없다. 사랑의 동기나 이유나 감정을 아무도 설명할 수 없으나, 사랑할 대상이 있다면 인생은 해피엔딩이 된다.

진정한 사랑은 그것이 남녀의 사랑이나 부모와 자식의 사랑이나 사람과 사물의 사랑을 막론하고, 그 본질에 있어서 상대를 위한 희생과 인내와 자기부정의 요소를 포함하기에 아름답고 감동적이다. 사랑은 모든 것을 참으며, 모든 것을 믿으며, 모든 것을 바라며, 모든 것을 견디는 '시크릿 가든'이다.

감동이 그리운 세상

　오래 전에 어떤 목사님과 점심을 할 기회가 있었다. 이북이 고향인 그 목사님은 부친도 목회자였는데, 부친 목사님이 목회하던 중 한 번은 영락교회 한경직 목사님을 초청하여 예배를 드렸다고 한다. 예배 후 담소를 나누던 중에 부친 목사님이 한경직 목사님께 질문을 하였다고 한다. "영락교회에 제 고모가 권사로 있는데 혹시 그 권사님을 아십니까?" 한 목사님이 말씀하시기를 "그 고모 권사님 이름이 어떻게 되십니까? 영락교회에는 권사가 너무 많아서 다 알 수가 없습니다." 그랬더니 그 부친 목사님이 갑자기 당황해 하면서 "이름? 고모님 이름이 갑자기 잘 기억이 나질 않습니다." 하니 모였던 사람들이 모두 웃어버렸고 당사자는 무안해졌다는 것이다.

　그때 한경직 목사님이 다음과 같이 말씀하셨다고 한다. "맞아요. 이름 기억 못하는 거 당연합니다. 우리가 다들 그저 고모님, 고모님! 하고 부르며 살지 누가 이름을 부르며 삽니까? 그러니 누가 고모님의 이름을 기억하겠습니까? 나도 내 고모님 이름 기억 못합니다." 이 말씀에 웃던 사람들은 모두 입을 다물었고 분위기는 숙연해졌다고 한다. 그 부친 목사님이 그 일을 기억하면서 한 마디 하셨다고 한다. "누가 뭐래도 한경직 목사님은 큰 인물이야!"

남이 허점을 보일 때 비웃거나 공격하거나 정치적 흥정을 하는 것은 어른스럽지 못한 태도이다. 누가 어른이고 누가 윗사람인가? 언변이 좋은 사람도 아니고, 측근을 많이 거느린 사람도 아니며, 대형교회 목사도 아니며, 교계의 한 자리 하는 사람도 아니다. 남을 감동시킬 줄 아는 사람이 어른이요 대인(大人)이다. 감동을 전달시킬만한 사랑과 관용의 덕을 갖춘 사람이 어른인 것이다.

사람을 감동시키면, 감동 받은 사람은 자기 사람이 된다. "고모 이름도 모르는 사람이 어디 있습니까?" 보다는 "나도 모릅니다. 당연한 일이에요."라는 한 마디에 사람들이 감동하고 평생 존경을 보내는 것이다.

코끝이 찡해지고 가슴이 뭉클해지고 눈물이 글썽해지는 경험을 해본 기억이 가물가물하다. 주님의 십자가 사건에 감격하여 주님의 제자가 되었는데 우리의 삶은 너무 감동이 없다. 감동이 그리운 세상이다.

어지러운 세상 중에

　현대인들의 고민 중의 하나는 모든 것이 너무 빨리 변한다는 것이다. 물질문명의 변천 속도는 가히 현기증이 날 정도이다. 정신문명도 빠르게 변하여 가치관이 혼돈되고, 윤리 기준도 불확실한 시대가 되었다. 오늘 우리가 사는 세상은 윤리의 고전적 정의나 종교적 훈계가 그 권위를 인정받지 못하는 카오스(chaos)의 시대이다.

　또한 현대인들에게는 변화무쌍한 시대의 흐름 속에서 낙오자가 되지 않을까 하는 두려움이 있다. 몸이 느려지고 마음도 둔해지면서 밀려오는 변화에 자신을 던질 용기가 없어졌다. 예전에 글을 모르면 문맹 소리를 들었듯 요즘은 컴퓨터를 모르면 컴맹 소리를 든다. 요즘 젊은이들이 쓰는 말이나 글씨는 도무지 외계인의 것처럼 보아도 알 수 없고 들어도 이해가 안 되는 것들로 가득하다.

　한편 현대인들은 다양성의 사회 속에서 정체성의 불안을 겪으며 살아가고 있다. 누구에게나 정치, 사회, 종교, 교육의 모든 문제를 싸잡아서 비판하던 젊은 시절이 있었다. 그때는 정의에 울고 순수한 열정에 고민하던 시절이었다. 그러나 살면서 현실을 직시하다보니 나만 옳은 것이 아니라 다른 사람의 생각과 행동에도 이유가 있음을 인정하게 되었다.

21세기는 개인주의 시대이다. 이제는 가정이 최소 구성단위가 아니다. 가정은 구성원들이 필요에 의해 함께 사는 공간이지만, 그 구성원 각자의 생각과 의견은 다르다. 예전에는 집안 어른이 정치 문제나 윤리 문제에 답을 내리면 식구들 모두가 군소리 없이 따랐지만 이제는 부모 따로 자식 따로다.

우리가 사는 시대는 개성과 실력 위주의 사회다. 권위나 나이로 누르는 시대는 가 버린 것이다. 이치에 맞지 않으면 어른의 말에도 반박을 한다. 예전에는 말대꾸한다고 꾸중을 하면 통했지만, 이제는 정당한 논리를 내세우며 대화를 해야 하고, 논리에서 밀리면 자기주장을 접어야 하는 시대이다.

각자가 자기중심에서 사물을 판단하고 세상을 보니 모두가 이기적이다. 자기밖에 모르고, 내 자존심과 생각에 누가 피해를 주면 못 참는다. 세상의 교육은 남에게 피해를 주지 않고, 나도 남에게 피해를 받지 않는 지식과 수단과 방법을 가르치는 것이 목표가 되어 버렸다.

어지러운 세상 속에서 세상은 밝아지지 않고 점점 어두워져가고 있다. '우리', '공동체', '사랑' 등의 가치가 더 귀해지는 시대이다.

염려하지 말라

　노년의 삶에 대한 교훈적인 책을 많이 출판하여 세계적인 작가로 명성을 얻은 어니 젤린스키(Ernie J. Zelinski)의 〈느리게 사는 즐거움〉(Don't Hurry, Be Happy)에 보면 다음과 같은 말이 나온다. '사람들은 고민하는데 너무 많은 시간을 허비한다. 고민은 짧게 잊어버려라. 왜냐하면 우리가 고민하는 일 중에 40%는 절대 일어나지 않을 일에 대한 것이고, 30%는 이미 일어난 일에 대한 것이고, 22%는 고민할 필요 없는 사소한 것들이고, 4%는 고민한다고 바꿀 수 없는 것들이기 때문이다.'

　그의 주장대로라면 우리는 96%의 쓸데없는 고민을 하느라 시간을 보내고 있는 셈이다. 4%의 진지한 고민거리도 걱정한다고 해결될 수 있는 문제가 아니다. 그래서 그는 이 4%의 진지한 고민거리에 대하여 두 가지 방법을 제시한다. 해결할 방법이 있으면 최선을 다해서 노력하고, 없으면 그냥 무시해 버리라는 것이다. 왜냐하면 고민을 하나 안 하나 결과는 만찬가지이기 때문이다. 어제의 일에 대하여 마음을 쓰지 말고, 다가올 미래의 일에 대한 생각으로 시간을 낭비하지 말라는 것이다. 오늘 내게 주어진 시간에 행복하게 생각하며 즐겁게 살라는 것이다. 그러면서 "어제는 역사, 내일은 미스터리, 그리고 오늘은 선물이다."(Yesterday is history, tomorrow is a mystery, and today is a gift.)라는 옛 사람의 말을 인용한다.

어찌 보면 현대인들은 많이 가져 고민도 많아지고, 과학과 문명의 혜택 때문에 오히려 더 바빠졌는지도 모른다. 가령 인터넷은 바쁜 현대인들의 시간을 절약시키기 위하여 출현하였으나 실상은 인터넷 때문에 더 많은 고민거리가 생기고 시간도 낭비된다. 현대인들은 가진 것을 관리하느라 고민을 많이 하며 시간을 보내기 때문에 한가하게 삶을 누릴 짬이 없다. 자신을 돌아보고 행복을 누릴 여유도 없이 너무 분주하게 살아가고 있는 것이다.

흘러가는 세월 속에서 우리의 고민은 점점 더 깊어지고 있다. 이렇게 또 한 해를 보내서는 안 되는데, 마치 비탈길에서 브레이크가 파열된 자동차처럼 우리는 통제력을 상실한 채 평안이 없는 하루하루를 쫓기듯 살아가고 있다.

"염려하지 말라. 염려함으로 그 키를 한 자라도 더 할 수 있느냐?" 라고 하신 주님의 말씀이 생각난다.

정상과 이상

정신병을 다루는 의사와 학자들은 정상과 이상을 구분하는 것이 쉽지 않다고 한다. 때와 장소와 문화적 환경에 따라, 정상으로 볼 수도, 이상으로 볼 수도 있기 때문이다. 인간의 행동에 대해 정상인지 이상인지를 판단하는 시각에는 다음과 같은 것들이 있다.

우선 동기의 문제이다. 가령 손을 씻는 현상은 청결이라는 동기에서 볼 때는 정상적 행동이다. 그러나 씻지 않아도 될 손을 계속 씻는 것은 이상한 행동이 된다. 의사는 환자를 돌보고 손을 씻는 행위를 하루에도 수십 번씩 반복한다. 이는 정상이다. 그러나 가만히 집에 있는 사람이 시도 때도 없이 손을 씻으면 이는 정상이 아니다.

둘째로 상황의 문제이다. 어떤 상황에서 발생했는가에 따라 정상과 이상을 구분한다. 해변에서 수영을 하려고 수영복을 입는 것은 정상이다. 그러나 같은 옷이라도 종로 네거리에서 수영복을 입고 다니면 정신병자 취급을 받는다.

셋째로 시각의 문제이다. 누가 판단하느냐에 따라서 정상과 이상이 구분된다. 가령 방언이라는 현상은 목사가 볼 때는 정상적인 성령의 은사다. 그러나 믿지 않는 정신과 의사가 볼 때는 이상한 현상이 된다.

넷째로 이해관계의 문제이다. 뇌물을 받고 공금 횡령을 하여 감옥에 가는 사람들은 사회적 지탄의 대상이다. 그러나 그의 가족에게는 좋은 남편, 좋은 아빠가 되기 위해 어쩔 수 없이 저지른 일로 이해되기도 한다.

다섯째로 문화의 문제이다. 요즘 젊은 여성들이 배꼽을 드러내고 허리 살을 보란 듯이 내보이는 현상은 나이 드신 어른들의 눈살을 찌푸리게 한다. 하지만 젊은이의 개방적 시각으로 보면 대수로운 일이 아니다.

예수를 믿는다는 것은 불신자들의 눈에는 극히 비정상적인 일이다. 주일 하루 쉬는 날을 온종일 교회에 바치고, 그것도 모자라서 십일조를 비롯한 각종 헌금을 바치고, 봉사에, 각종 회의에, 새벽기도 등등에 참여하니 말이다. 그러나 예수 믿는 자들에겐 세상이 알지 못하는 기쁨과 감사의 조건이 있기에 주님을 향한 헌신에 제한이 있을 수 없다.

신앙생활은 감춰진 보화의 비유와 같다. 재산을 다 팔아 버려진 밭을 사는 사람을 이상하게 보는 세상 사람들은 밭 속의 보화를 모르는 사람들이다.

좌우명(座右銘)

　　자리 좌(座), 오른 우(右), 새길 명(銘)의 좌우명(座右銘)은 자리의 우측에 새겨둔 말씀을 말한다. 즉 교훈이 될 만한 말씀을 자리 가까이에 두고 자신의 인격과 삶을 갈고 닦는다는 의미이다. 이 좌우명은 중국 후한(後漢) 시대 학자이며 명필인 최원(崔瑗)의 것으로부터 유래한다. 최원의 스승인 채옹은 숭산 석실에 들어가서 30년 간 서도(書道)에 매진하였는데, 마침내 득도하여 영자(永)8법을 익혔고 당대 최고의 명필이 되었다. 채옹의 서체가 최원에게 전해졌고, 최원의 필법이 제자 장지에게, 그리고 그 후 위부인, 왕희지에게로 전수된다.

　　최원의 좌우명은 다음과 같은 글귀로 시작된다. "남의 단점을 말하지 말고(無道人之短), 나의 장점을 자랑하지 말라(無說己之長). 남에게 베푼 것은 기억하지 말고(施人愼勿念), 은혜를 입은 것은 잊어버리지 말라(受施愼勿忘)."

　　종이가 없던 그 시절엔 돌이나 쇠붙이에 글을 새기고, 옆에 두고 보면서 인격 수양의 도구로 사용하였다. 요즘에는 종이에 좌우명을 써서 집안에 붙여 놓기도 하고 수첩에 적기도 한다. 그러나 진정한 새김은 마음에 있어야 한다. 마음에 교훈의 말씀을 새기는 것을 명심(銘心)이라고 한다.

이 좌우명에 대하여는 춘추전국시대의 제환공(齊桓公)의 술독에 대한 에피소드도 유명하다. 제(齊)나라의 왕인 제환공은 이상한 술독을 옆에 두고 살았다. 술독은 비어 있을 때는 옆으로 기울어졌다가 적당한 양의 술이 채워지면 바로 서고, 또 아주 가득 차면 다시 기울어졌다. 공자(孔子)는 이 술독에 대하여 제자들에게 "다 배웠다고 교만을 부리는 자는 기필코 화를 당한다. 이 술독과 같이 부족하거나 넘치지 않게 자신을 경계해야 한다."고 가르쳤다고 한다. 오늘을 사는 우리가 새겨들어야 할 좌우명이다.

한국교회에는 좌우명이 없다. 성장을 부추기고 독려하는 좌우명은 교회 안팎에 요란하게 걸려 있으나, 이 시대의 정신적 지주로서 사회에 영향을 주고, 교인들의 가슴을 울릴만한 좌우명은 보이지 않는다. 이는 교회지도자들에게도 마찬가지이다. 교회의 리더로서의 인격과 본이 될 만한 좌우명이 무엇인가를 생각할 때이다. 지도자들에게 감동적인 좌우명이 없기에 한국교회는 어려움을 당하고 점점 더 미궁(迷宮)으로 빠져드는 느낌이다.

지도자의 고독

어느 시대, 어느 집단에서나 지도자는 고독한 존재이다. 특히 현대처럼 지도자와 집단 구성원 간에 민주적인 평등 관계를 넘어서서, 오히려 지도자는 머슴이고 그 집단의 구성원은 상전인 것 같은 사회풍토 속에서는 더더욱 지도자의 고독감이 심화된다. 그래서 고등 3D업종이라는 말도 생겨나게 되었다.

지도자가 되고 높은 지위에 오를수록 권한은 축소되고 의무는 많아진다. 지도자가 될수록 잠자는 시간을 줄여 생각하고 연구하고 노력하지 않으면 안 된다. 지도자가 될수록 직들이 많아지고 인간관계가 복잡해지며 조율해야 할 사건들이 홍수처럼 밀려온다. 지도자가 될수록 드러나지 않는 희생과 눈물이 많아진다. 지도자일수록 할 말보다는 들을 말이 많아진다. 지도자는 입이 하나이고 귀는 두개이어야 한다.

이 나라에 지도자가 없어서 문제다. 지도자로서의 덕을 갖춘 인물이 없으니 나라가 단 하루도, 한 해도 평화롭지 못하다. 마찬가지로 교회에 참된 지도자의 수가 적어서 연일 시끄럽다. 교회의 지도자는 '섬김의 종'이라는 자세로 시작하는 성직이다. 성도들은 사람이 북적거리는 교회당에 와서 은혜 받는 사람들이지만, 교회의 지도자는 텅 빈 교회당에 혼자 앉아서 고독을 느끼며 기도하고 우는 사람이다. 교인들은 할 말을 다 하는 사람들이지만, 교회의 지도자는 말을 아끼고, 공동체의 유익을 위하여 때로는 말을 각색해야 하는 사람들이다.

지도자는 적을 친구로 만들어야 하며, 거친 목소리에 대하여 부드러운 음성으로 응수해야 한다. 교인들은 잘 했을 때 박수를 받는 사람들이지만, 교회의 지도자는 드러나지 않는 희생과 함께 오직 하나님만이 알아주신다는 믿음으로 사는 사람들이다. 교회의 생존과 부흥을 위하여 흘린 지도자의 눈물은 혼자만이 간직하고 있어야 값어치가 있다. 남이 모르는 희생의 보화가 가슴속에 있어야 지도자다. 교인들은 살기 위하여 교회에 나오는 사람들이지만, 지도자는 죽을 각오로 일하는 사람들이다.

이 정신만 있으면 누구나 지도자이며, 이 정신이 없으면 지도자의 위치에 있어도 교인일 뿐이다. 지도자를 괴롭히지 않고, 스스로도 지도자의 정신으로 사는 사람이 많은 공동체는 평안하다.

지혜와 순결이 무기이다

    사냥꾼에게 쫓기던 뱀이 농부에게 살려달라고 했다. 농부는 뱀에게 자기 뱃속에 들어가 숨어 있으라고 했다. 사냥꾼이 지나가자, 농부는 뱀에게 이제 그만 밖으로 나오라고 했다. 그런데 뱀이 뱃속이 따뜻하니 나가지 않겠다는 것이었다. 농부는 집에 돌아가다가 왜가리를 보고 사정 이야기를 했다. 왜가리는 농부에게 뱀이 밖으로 나오도록 허리를 꼿꼿이 편 채로 쭈그리고 있어 보라고 했다. 왜가리는 뱀이 목구멍 밖으로 머리를 내밀자 얼른 뱀을 물어 밖으로 끌어내 죽여 버렸다. 농부가 몸 안에 독이 남아 있을까봐 걱정이 된다고 하자 왜가리는 흰 새 여섯 마리를 삶아 먹으면 해독이 된다고 가르쳐 주었다. 그러자 농부는 네가 흰 새이니 너부터 먹어야 되겠다고 하면서 왜가리를 잡아 자루에 넣고 집으로 갔다. 집에 도착했을 때, 농부의 이야기를 들은 아내가, 어떻게 은혜를 원수로 갚을 수 있느냐고 하면서 즉시 왜가리를 자루에서 풀어내 주었다. 그런데 왜가리는 나오자마자 그 아내의 두 눈을 파먹고 날아갔다.

아프리카 민담인 이 이야기는 세상이 얼마나 무서운가를 말해 주고 있다. 세상에는 은혜를 원수로 갚는 일이 많고, 친구가 적이 되는 일이 얼마든지 있다. 자기 이익을 위해서 배신을 일삼는 일이 다반사이다. 세상에는 억지논리가 통하고, 권모술수가 팽배해 있다. 목적을 위해서는 수단과 방법을 가리지 않는다. 정말 이리떼들이 우글거리는 정글이나 광야 같은 곳이 세상이다.

주님은 제자들을 세상에 보내시며 양을 이리 가운데 보냄과 같다고 말씀하셨다. 그리고 양이 이리 가운데서 살아남는 방법을 가르쳐 주셨다. 바로 뱀처럼 지혜롭고 비둘기처럼 순결하라는 것이다. 이것이 그리스도인들이 세상을 사는 무기이다. 양이 이리와 투쟁하다가 양의 속성을 잃어버리고 이리처럼 되어버리면 이는 승리가 아니다. 아무리 이리가 사납게 덤벼도, 양은 끝까지 양으로 있어야 승리하는 것이다.

"우리는 양인가?"를 스스로 물어보아야 한다. 그리고 "뱀처럼 지혜롭고 비둘기처럼 순결한가?"도 생각해 보아야 한다. 그래야 원수 사랑이 가능하고 선으로 악을 이기라는 말씀도 따를 수 있다. 그래야 요셉이 형들을 용서하고, 다윗이 사울을 죽이지 않는 감동적인 사건들이 교회와 그리스도인들에게서 나올 수 있다.

천년의 갑절을 산다 해도

시인 엘리엇(Thomas Sterns Eliot)의 〈황무지〉라는 장편 시는 다음과 같은 프롤로그와 함께 시작된다. "한번은 내가 쿠마에서 그 무녀(巫女)가 조롱 속에 매달려 있는 것을 보았다. 아이들이 '무녀야, 넌 뭘 원하니?' 라고 물었을 때, 그녀는 '죽고 싶어.' 라고 대답했다."

나폴리 근처의 도시 쿠마의 아폴로 신전에서 일하던 여사제 시빌(Cumaean Sibyl)은 어느 날 태양신 아폴로가 소원 하나를 말하면 들어주겠다고 했을 때, 먼지 한 줌을 움켜잡으면서 이 먼지 알같이 많은 생일을 달라고 하였다. 오래 살고 싶은 욕망에 사로잡힌 그녀는 영원에 가까운 아주 긴 생명을 얻었지만, 젊음도 함께 달라고 청하지 않았기 때문에 늙어 오그라든 상태에서 새처럼 조롱 속에 갇혀 매달린 채 살아가야 했고 아이들의 구경거리가 되었다. 이제 그녀의 유일한 소원은 죽는 것뿐이었다. 삶의 양만 생각하고 질을 간과한 그녀의 일생은 황무지와 같다.

우리는 옛날에 비하면 너무 많이 가졌으나 만족이 없고, 너무 오래 살고 있음에도 불구하고 주어진 시간에 대한 감사가 없다. 스스로에게 과분한 명예와 감투가 주어져도, 여전히 자족함이 없어 갈증을 채우느라 피곤하다. 죽을 병에 걸렸을 때 살려 달라 애원했던 것을 잊었고, '나의 나 된 것은 하나님의 은혜'라는 예전의 고백도 망각했다. 그리곤 남보다 더 욕심을 부리면서 은혜 없는 자로 살아가고 있다. 우리 모두는 쿠마의 무녀처럼 오그라든 자화상을 가진 채 욕심의 새장 속에 갇혀서 아이들에게까지 비웃음을 사고 있지는 않은가?

구약성경 전도서(6:6)에 보면, '천년의 갑절을 산다 해도 낙을 누리지 못하는 인생은 헛되고 무의미하다.'는 말씀이 있다. 우리는 소유하기 위하여 사는가, 아니면 누리기 위하여 사는가? 받은 바를 누리지 못하는 삶은 평안도 사랑도 화해도 만족도 기쁨도 없다. 오로지 투쟁과 쟁취와 분쟁과 갈등의 연속일 뿐이다.

오늘의 삶에 대한 만족이 없이 내일의 성공을 위하여 자신을 괴롭히고 다른 사람의 눈살을 찌푸리게 만드는 욕심은 헛되고 헛된 것이다. 그렇게 천년을 산다한들 남는 것이 무엇일까? 그렇게 해서 성취욕을 채우고 유명해지면 행복할까? 하루를 살아도 낙(樂)을 누리며, 주신 은혜에 감사하고 사랑하며 살아야 하지 않겠는가?

티와 들보

어떤 목사님이 나이 많아 상처를 하였다. 사모님 없이 한 달을 홀로 살았다. 한 번은 믿을 만한 교인들 몇 명과 함께 저녁 식사를 하게 되었다. 식사 후 교인들이 근황에 대하여 질문을 하자 목사님은 솔직히 많이 외롭다고 실토를 하였다. 먼저 간 사람 생각에 자꾸 눈물이 난다고 하였다. 모두들 고개를 끄덕였다. 그런데 어떤 한 사람이 도저히 이해할 수 없다는 표정을 지었다. 목사님이 자리를 뜨자, 그 사람은 남은 교인들에게 열을 올렸다. 목사님 모습이 평소에 하시던 설교 말씀과 다르지 않느냐는 것이었다. 하나님이 계신데 왜 외롭냐는 항변이었다.

성경은 많은 위인들의 인간적인 약함을 그대로 노출시키고 있다. 아브라함, 모세, 엘리야, 다윗, 그리고 바울에 이르기까지 모두가 위대한 하나님의 종이었으나, 그들도 모두 허물 많은 연약한 사람들이었다. 믿음의 조상이라는 아브라함이 살기 위해 자기 아내를 누이라고 속이는 장면은 이해할 수가 없다. 가장 온유했다는 모세는 혈기를 내어 가나안에 못 들어가고, 엘리야는 여인의 복수가 두려워 하나님께 죽여 달라고 애원한다. 다윗은 말할 것도 없고, 바울도 로마서 7장의 고백들을 읽어보면, 그가 진정한 사도인지 의심이 갈 정도이다.

우리는 다른 사람에 대하여 기도할 의무는 있지만 비난할 자격은 없다. 왜냐하면 우리 모두가 약한 존재이기 때문이다. 뿐만 아니라 우리는, 다른 사람의 기도와 격려 덕분에 약함 속에서도 다시 회개할 수 있었고 용기를 내어 살아왔음을 인정해야 한다.

주님께서는 "남의 눈에 있는 티는 보면서 네 눈의 들보를 보지 못하느냐."고 책망하신다. 내가 남을 비판할 때, 그 비판이 부메랑이 되어 나도 남의 비판의 대상이 될 수 있다고 경고하신다. 주님은 "비판을 받지 않으려거든 비판하지 말라."고 말씀하신다. 그러나 우리는 얼마나 교만한지 남을 비판하는데 주저함이 없을 때가 있다. 성경 말씀을 수백 번 들었건만 우리 삶에 적용시키지 못하고 '모래 위에 집을 짓는' 어리석음을 범하고 있다.

인간적인 약함과 허물이 비난과 고소의 출발이 아닌, 기도와 사랑의 시작이 되었으면 좋겠다.

평강이 있을지어다

인간이 느끼는 두려움에는 두 가지 종류가 있다. 바로 불안과 공포다. 불안은 위협의 대상이 막연한 상태다. 가령 꿈자리가 사나운 다음날 느끼는 사고에 대한 막연한 불안이나, 다가올 미래의 시간들 속에서 일어날지도 모르는 천재지변이나 실직, 이혼에 대한 생각이 여기에 속한다.

불안에 비해서 공포는 위협의 대상이 뚜렷한 상태를 말한다. 가령 어떤 사람이 전화를 걸어서 협박을 한다거나 또는 의사가 사형선고를 내려버릴 때 느끼는 감정이 그것이다.

사람이 공포를 느끼면, 그 위협의 대상으로부터 달아나든가 아니면 상대를 공격하게 된다. 그러나 불안을 느낄 때는 대상이 막연하므로 이런 행동이 일어나지 않는 대신 무기력해진다.

공포는 대상이 없어지면 사라진다. 하지만 불안은 분위기가 반전되어도 상당기간 동안 지속되며 간헐적으로 재발된다. 그리고 심하면 병을 얻기도 한다.

그런데 공포가 불안으로 발전할 수도 있다. 어두운 길을 가다가 강도를 만나 놀란 경험이 있는 사람은, 가끔 악몽을 꾸기도 하며 어두운 길에 대한 막연한 불안감을 갖게 된다.

불안을 극복하기 위해서는 나 혼자가 아니라는 생각을 붙들어야 한다. 내가 누구와 함께 있고, 그 누군가가 나의 상태를 알고 이해하고 함께 해결하려고 노력하고 있음을 깨닫게 되면 불안이 해소된다. 이것이 바로 성령님께서 보혜사로 우리 곁에 계시면서 하시는 일이다.

둘째로, 불안을 극복하기 위해서, 우리는 그것을 창조적 에너지로 전환시켜야 한다. 유명한 야구선수 왕정치는 홈런왕이었다. 그런데 그의 홈런기록은 불안으로부터 나왔다. 그는 매번 다음에는 홈런을 못 칠 것 같은 불안감에 시달렸다. 그러기에 매 경기마다 최선을 다했고, 내일의 홈런을 위해 더 많은 훈련을 하곤 했다.

불안을 느낄 때 우리도 그것을 창조적 에너지로 전환시킬 수 있다. 우리보다 더 초조하고 불안해하는 사람들을 적극적으로 만나는 것이다. 잠을 이루지 못하는 자들을 위해 대신 열심히 기도해 주는 것이다. 그러면 어느새 우리 속의 불안까지 해소된다. 십자가를 앞에 두고도, 불안한 제자들에게 평강을 선포하시던 주님처럼, 우리도 평안으로 사람들을 축복하며 살 수 있어야 하겠다.

풀어야 산다

세상 살면서 풀어야 할 것이 참 많다. 우선 요즘 같은 환절기에 감기 걸린 약골들은 코부터 풀어야 한다. 코가 막히면 숨이 막히니 살 재간이 없다. 초등학교에 들어가면 산수 문제를 풀어야 한다. 산수 잘한다고 대통령이 되는 것도 아니고 재벌 회장이 되는 것도 아닌데, 아이들은 영문도 모른 채 그냥 풀어야 한다.

만삭이 된 여인네는 몸을 풀어야 한다. 몸 풀 때 잘 풀어야지 안 그러면 평생 병이 된다. 해산한 여인들은 젖을 풀어 줘야 한다. 그렇지 않으면 젖몸살을 앓게 되어 무지하게 고생을 하게 된다.

이루지 못한 꿈에 대한 갈증도 풀어야 하고, 지긋지긋한 명예욕도 풀어야 한다. 우주의 신비도 풀어야 하지만, 우선 화부터 풀어야 한다. 실타래를 풀어야 뜨개질이 되고 밀가루를 풀어야 수제비가 되듯이, 기분부터 풀고 적개심부터 풀어야 하나님의 뜻을 이룰 수 있다. 욕심을 풀어야 바른 길이 보인다. 경쟁심을 풀어야 남을 존경할 수 있고 칭찬할 수 있고 손을 잡을 수 있다.

요즈음 말로 스트레스를 푸는 사람들이 많다. 무슨 열등감이 그리도 많은지 저 잘났다는 얘기를 늘어놓으며 상대방의 마음에 상처를 준다. 그러고도 뭘 잘못했는지 모른다. 뒤늦게 '아차!' 하지만 그때는 이미 상대방이 마음에 만리장성보다 더 단단한 벽을 쌓아놓은 터라 감정을 풀기가 무척 어렵다.

'인간관계＝원수 만들기'의 등식이 성립하는 세상에서 사람 만나기가 두렵다. 그래도 맺힌 실타래 같은 응어리는 풀어야지 어떡하나? 예수님이 "서로 사랑하라."고 명령조로 하신 말씀을 그냥 지나칠 수는 없지 않은가?

김일성이가 죽을 때를 알아맞혔다고 매스컴이 떠들어 대는 바람에 스타가 된 점쟁이가 있었다. 그런데 그 점쟁이가 당시에 김정일은 곧 망한다고 엉터리 예언을 했음에도 불구하고, 매스컴이 이를 전혀 언급하지 않았던 것은 풀어야할 미스터리이다.

요즈음 선거판에서도 무당의 말에 따라 후보자의 거주지가 좌우되니 풀리지 않는 미스터리임에 틀림없다. 미스터리가 어디 그뿐인가? 소위 예수 잘 믿는다는 교계 지도자들이 서로의 감정을 풀지 못해 고소 고발 사건이 점점 많아지고 있으니, 이 시대에 풀어야 할 최대의 미스터리가 아닌가?

행복

　행복을 위한 조건을 모두 가지고 있으면서도 불행하게 사는 사람들이 있다. 반면에 가진 것은 별로 없지만 행복하게 사는 사람들이 있다. 이 사람들은 재물이나 소유에 대한 생각이 다를 것이고, 삶의 목적이나 의미도 다를 것이다. 사람의 행복은 좋은 음식이나 근사한 집, 아름다운 옷이나 건강, 사랑, 사업에의 성공, 인기와 존경 등의 외적 환경보다는 내적인 마음가짐에 의하여 좌우되어지는 것이다.

　어느 여인이 가짜 진주 목걸이를 걸고 친구들을 만났는데 한 친구가 "그 진주목걸이 가짜 아니냐."고 하였을 때, 이 반응에 대해서도 열등감에 빠지지 않고 태연하려면 다음과 같은 상태이어야 한다.

　첫째로, 집에 진짜 진주목걸이가 있을 때이다. 진짜를 두고 가짜를 차고 다니는 사람에게는 열등감이 없다.

　둘째로, 물질에 대한 가치판단이 바로 설 때이다. '목걸이 하나가 인생에서 그렇게 중요한가? 진짜를 걸고 다닌다고 인격이 향상되나? 한낱 장식품에 불과한 것이 아닌가?' 라는 생각을 가진 사람의 마음속에는 불행이 있을 리 없다.

셋째로, 남이 알지 못하는 희생을 했을 때이다. 가령 진짜 진주목걸이를 팔아서 백혈병 걸린 어린이의 치료비로 기부하고 가짜 진주목걸이를 차고 다닌다면, 절대로 부끄러운 마음이 들 수가 없고 열등감이 생길 리도 없다.

이 세상에서 가장 행복한 외침은 예수님께서 십자가 위에서 하신 "다 이루었다."라는 말씀이다. '다 이루었다.'는 의미 속에 완전한 행복과 승리와 성취가 들어 있다. 진정한 행복은 이기적인 소유에 있지 않고 이타적인 사랑에 있다. 인류의 구원을 위하여 목마르셨던 주님이기에, 그의 마지막 외침은 행복에의 선언이었다.

우리는 주님보다 많이 가지고도 불행하다. 불평이 많고 원망이 많다. 그리고 이루지 못한 욕망 속에서 잠을 설친다. 갚아야할 원한도 많다. 주님보다 오래 살고 있으면서도 더 살고 싶어서 아쉬워한다.

이기적인, 너무나도 이기적인 그대여! 그대의 이름은 죄인이니라.

거룩한 상상력

이제는 역사 속으로 사라진, 영국의 유력 주간잡지였던 〈더 위크〉(The Week)지에 실렸던 이야기다. 제2차 세계대전 중 마거릿 웨스트(Margaret West)라는 여자가 수송선을 타고 남태평양에서 미국으로 돌아오고 있었다. 그녀가 타고 있었던 수송선의 좁은 선실에는 무려 17명이나 되는 여자들이 함께 수용되어 있어서 누울 자리조차 없었다. 전쟁 중이라 등화관제(燈火管制)를 해야 했던 관계로 빛을 차단하는 선실 바깥 창은 굳게 닫혀져 있었다. 선실 안의 분위기는 숨이 막힐 것 같이 답답했다. 배는 다음날 아침에 출발하기로 되어 있었다. 밤중에 불이 모두 소등이 된 후에야 창문을 열수 있었는데, 마거릿이 창문을 여는 일을 맡았다. 그녀가 창문을 열자 그 안에 타고 있던 여자들이 다 좋아했고, 모두가 시원하게 잠을 잘 수 있었다. 그런데 아침에 깨어보니 그녀가 연 것은 이중 창문 중 안쪽이었고, 바깥 창문은 여전히 닫혀 있었다.

이와 비슷한 이야기가 또 있다. 싸구려 호텔에서 잠을 자던 어느 투숙객이 밤에 너무 더워서 잠이 깨고 말았다. 비몽사몽간에 그는 투덜거리면서 창문을 찾았고, 창문이 잘 안 열리자 화가 나서 구두로 창유리를 깨 버렸다. 그리고는 상쾌한 기분으로 잠을 청했다. 그런데 아침에 일어나보니 창문은 멀쩡하고 방안의 화장실 유리가 깨져 있었다.

인간의 지식이나 감각은 불완전하다. 그리고 인간은 전(前) 이해가 잘못되면 상상력이 엉뚱한 방향으로 발전하게 된다. 불완전한 감각을 인정하고 사는 것이 지혜다. 내가 불완전함을 깨달을 때 다른 사람 앞에 겸손할 수 있고, 인간관계에 포용력과 관용이 생긴다.

우리의 상상력을 가지고 남을 비판하고 정죄하는 대신에, 거룩한 상상력을 활용할 수 있어야 하겠다. 상대방을 좋은 사람으로 상상하고, 전(前) 이해 안에서 인간관계의 모든 사건과 언어와 행동들을 긍정적으로 판단할 수 있다면, 우리가 사는 세상이 조금은 더 밝고 명랑해질 수 있을 것이다. 그리고 이 거룩한 상상력을 가지고 하나님을 좋은 아버지로 믿고 기도하면 응답은 이미 손에 쥐어진 것이나 다름없다.

거룩한 상상력을 동원하여 밝은 자화상을 그려 보자. 그리고 이웃과 화평을 이루자. 하나님을 위대하고 변함없으신 사랑의 아버지로 믿어 보자.

아낌없이 주는 나무

미국의 아동문학가요 음악가인 실버스타인(Shel Silverstein)은 어린 시절 야구 선수가 되는 것이 꿈이었지만, 야구에 소질이 없다는 것을 깨닫자 그림과 음악에 관심을 가지기 시작했다. 6.25 전쟁 참전용사이기도 한 그는 시카고에서 잡지사의 시사만화(Cartoon) 작가로 생계를 꾸려가다가, 하퍼 엔 로우(Harper & Row) 출판사의 아동부문 편집장인 노스트람(Ursula Nordstrom) 여사를 만나게 되면서 어린이 문학으로 눈을 돌리게 되었다. 노스트람은 그에게 작가의 재능이 숨어 있음을 간파했다. 그래서 그를 적극적으로 도와주어 세계적인 아동문학가로서의 길을 갈 수 있도록 해 주었다.

그의 대표작인 '아낌없이 주는 나무'(The Giving Tree)라는 동화가 우리에게 잘 알려져 있다. 1964년에 출판된 이 책은 우리나라는 물론 전 세계적으로도 많은 독자를 가지고 있다. 사과나무가 한 소년에게 일생 동안 베푸는 사랑의 완성도를 설명하면서 감동을 주는 이 스토리는 진정한 사랑이 무엇인가를 보여 준다.

옛날에 나무가 한 그루 있었고, 그 나무를 사랑하는 소년이 있었다. 소년은 나뭇잎을 따서 왕관을 만들어 왕자 노릇을 하기도 했고, 나뭇가지에 줄을 매어 그네를 타기도 했다. 어떨 땐 나무와 숨바꼭질도 했고, 사과를 따먹고 나무 그늘에서 단잠을 자기도 했다.

시간이 흘러 나이가 들게 되자, 바빠져서 나무와 함께 있는 시간이 저절로 뜸해졌다. 어느 날 소년이 나무를 찾아와서 돈을 벌고 싶으니 돈을 달라고 하였다. 나무는 소년에게 돈은 없지만 사과를 따다가 팔아서 돈을 만들라고 하였다. 소년은 다시 오래도록 돌아오지 않았고 나무는 슬펐다.

많은 시간이 흐른 후 어느 날, 소년은 나무를 찾아와서 가족을 위한 집이 필요하다고 했다. 나무는 자기 가지를 베어 집을 지으라고 하였다. 다시 얼마 후에 소년은 먼 곳으로 가기위한 배 한 척이 필요하다고 하였다. 나무는 자기 줄기를 베어 배를 만들라고 하였다.

배를 타고 멀리 떠난 소년은 아주 오랜 세월이 흐른 후에야 다시 나무에게 돌아왔다. 나무는 늙어 버린 소년에게 이렇게 말했다. "내게 남은 것이라곤 나무 밑둥치뿐이야. 자, 이리 와 앉아서 조용히 쉬렴." 늙어 버린 소년은 나무가 시키는 대로 했고 나무는 너무 행복해했다.

사랑은 주는 것이다. 요즘 같은 세상에도 이 나무와 같은 사랑을 할 수 있고, 또 받을 수 있다면 얼마나 행복할까?

작은 것이 소중하다

세계 최고의 명성을 얻고 있는 자동차 롤스로이스(Rolls-Royce)는 그 제조 과정에서부터 완공에 이르기까지 가히 최고에 걸맞는 품위를 갖추고 있다. 필라멘트 회사를 운영하던 프레드릭 헨리 로이스(Frederick Henry Royce)와 귀족 출신의 자동차 딜러였던 찰스 롤스(Charles Rolls)가 함께 시작한 이 자동차회사는 주문자의 기호에 따라 서로 다른 수제품을 생산한다. 그런데 주문자가 아무리 돈이 많다 해도, 신분이나 명성이 이 차를 타기에 적합하지 않다면 차를 만들지 않는 것으로도 유명하다.

롤스로이스가 최고의 자동차로 인정받게 된 비결은 무엇이었을까? 이 회사의 벽에는 지금도 다음과 같은 문구가 적혀 있다. "작은 것이 완벽함을 만든다. 그러나 완벽함은 결코 작은 것이 아니다."(Small things make perfect, but Perfect is not small.) 최고가 되기 위해서는 작은 것에 눈을 돌려야 한다. 작은 것부터 시작하여야 완벽함이 이루어지고 최고가 될 수 있다.

주자(朱子)의 〈중용장구(中庸章句)〉에도 "군자는 보이지 않는 바를 조심하고 삼간다."(戒愼乎其所不睹)라고 하여 작은 것과 남이 보지 않는 곳에서의 성실함을 강조하였다. 포항제철의 설립자였던 고(故) 박태준 회장은 현역시절 조그마한 결함만 있어도 완성된 제품을 폐기처분하고 물건을 다시 만들게 했다고 한다.

어느 아마추어 마술사는 공연 한 번을 위해 천 번의 연습을 한다고 하였다. 연습을 백 번 하나 천 번 하나, 관객은 그 차이를 잘 모른다. 그러나 마술사 자신은 그 차이를 실감하기에 자신을 속일 수가 없는 것이다.

우리의 삶에서 작은 것에 소홀한 점이 없었는지 반성해야 하겠다. 보이지 않는 곳에서도 성실하게 행동했는지 스스로에게 물어야 하겠다. 남이 속을 수도 있는 작은 어떤 것에 대한 소홀함은 곧 자신을 속이는 일이다. 그런 자들은 군자가 될 수 없다. 하나님의 일꾼으로서도 불합격이다.

우리는 남에게 보이기 위해서는 최선을 다한다. 남이 알아주는 부분에만 정성을 들인다. 신앙생활을 한다면서도 관심은 매스컴을 타고 박수 받고 감투를 쓰는 데만 집중돼 있다면 이는 잘못된 것이다. 은밀한 중에 보시는 하나님을 의식하는 마음이 있어야 참된 신앙인이 될 수 있다.

세시봉

지난 2011년 설 명절을 강타했던 최고의 TV프로는 MBC에서 마련한 '놀러와' 프로그램의 세시봉 콘서트였다. 이제는 머리가 희끗희끗한, 7080세대들의 젊은 날의 우상들이었던 가수 조영남, 송창식, 윤형주, 김세환의 4인이 한자리에 모여 객담과 노래로 시청자들을 즐겁게 해 주었다. 이 프로그램은 진한 감동과 웃음, 그리고 눈물과 사랑의 메시지를 전해 주면서 최고의 시청률을 기록했다.

세시봉은(C'est si bon)이란 말은 불어로 '아주 좋다'(It's so good)라는 뜻이다. 1953년 이흥원에 의하여 종로에 만들어진 이 카페는 작은 콘서트와 음악감상실의 기능에 나이트클럽, 토크쇼의 현장 기능을 겸한 무대였다. 당시 내로라하는 정치인들과 문화 예술계의 인사들이 이곳에 초대되어 젊은이들과 대화 시간을 가졌고, 또 노래에 자신이 있던 사람들은 이곳에 와서 숨어 있는 끼를 마음껏 발산하곤 했다. 70년대 대학생들 사이에서 세시봉은, 커피 한 잔

시켜 놓고, 몇 시간씩 친구들과 인생을 논하고, 정치를 비판하고, 짝사랑의 마음을 달래 보고, 시나 3류 소설도 써 볼 수 있는 인간 극장의 마당이었다.

세시봉 콘서트에서 조영남, 송창식, 윤형주, 김세환이 부른 추억의 통기타 노래도 아름다웠지만, 40년 우정을 위해 멀리 미국에서 날아와 네 사람 모두에게 사랑의 레브레타를 써서 낭독한 이장희의 모습은 기쁨과 눈물과 추억과 사랑을 한꺼번에 느끼게 해 주었다. 그의 노래 "나 그대에게 모두 드리리"는 요즘 세대에게는 너무도 밋밋하고 노래 같지도 않다는 느낌을 줄지 몰라도, 그 자리에 있던 많은 사람들의 눈물샘을 자극한 최고의 노래였다.

거기에 비하면 요즘 젊은 세대의 문화는 낭만과 깊이가 없다. 예능 프로그램이라는 것들이 보여 주는 존재의 가벼움, 성적인 농담, 변태적 복장, 욕설에 가까운 유머, 철학이 없는 수다스러움은 이제 식상하고 지겨운 느낌이다. 노래들도 발성에서 나오는 순수한 목소리가 없고 온통 요란한 몸동작과 립싱크(Lip Synchronization)에 의한 눈속임이 주류를 이루고 있다. 테크닉과 무대기술은 발전하였으나 노래에 인간성과 진실성이 결여된 콘서트가 만연되어 있다. 인간적이지 못하니 거기에 참된 의미의 웃음이나 눈물, 사랑, 낭만, 진한 여운을 남기는 감동이 없는 것이다. 코끝이 찡해지는 감동을 우리는 어디서 받을 수 있을까?

남성이 무너진다

　　얼마 전 대학생들 1천 명을 대상으로 모 언론사가 설문조사를
했는데 놀라운 결과가 나왔다. "만약 다시 태어난다면?"이라는 질
문에 대하여, 남학생 중 56.3%가 여자로 태어나고 싶다고 답한 것
이다. 이에 비하여 여대생들은 38.1% 만이 남자로 태어나고 싶다
는 답을 하였다. 옛날에는 남자들이 자신의 성을 후회하는 경우가
거의 없었다. 대신 여자들이 '내가 남자로 태어났더라면!' 하고 소
원을 말했다.

　　남학생들이 생각하는 남자로서의 삶의 어려운 점은, 군대 문제
(29.2%), 여자들은 여자로서 이해받는데 남자들은 그렇지 못하다
는 상대적 불평등(23.1%), 남자는 무조건 강해야 한다는 사회적
편견(17.14%), 남자는 울면 안 된다는 등 자기감정 표출에 대한
억제(15.1%), 어려서부터 가족의 기둥으로 살아야 한다는 압박감
(10.2%), 레이디 퍼스트 등 여자에게 무조건 양보해야 하는 점
(5.1%) 등이었다.

여학생들이 자신의 여성성을 불편해하는 이유 중에는, 성추행, 강력범죄 등 신변의 위협(29.1%)에 이어, 여성으로 산다는 사회적 어려움, 취업 등에 있어 남성에 비해 좁은 선택의 폭과 기회(22.2%), 여자에게만 강요되는 혹독한 외모 지상주의(12.9%), 임신과 출산으로 인한 신체적 고통과 일상적 불편(11.5%), 관습적으로 내려오는 여성상에 대한 편견(8.1%), 여성이기에 당하는 일상적인 성 차별(7.9%), 가사 부담(6.1%) 등이 있었다.

남성의 56.3%가 남성으로서의 삶을 버거워하고 여성의 삶을 더 동경하는 이 사회적 현실은 문제가 있다. 실제로 오늘날 대한민국에서 남자로 살아가기란 그리 만만하지 않다. 사회적 관념의 관성의 법칙은 항상 여성을 약자로 보고 여성에 대한 배려와 보호에만 신경을 써 왔다. 그러는 사이 남성은 설자리를 잃어버렸고, 남성으로서의 자존감도 잃은 것이다.

이 사회는 남성에게 너무 많은 것을 강요하고 있다. 하나의 예로 요즘 다양한 가정 회복 프로그램이 열리고 있는데 이곳에서 가르치는 것이 무엇인가? 남편이 회개하고, 남성이 참고, 남자가 생각을 바꾸라는 것이다. 그러는 사이 TV 드라마에서는 연일 여자가 남자의 뺨을 때리는 장면이 방영된다. 요즘 가정불화의 원인은 남성의 몫으로만 각인되고 있다. 드디어 '남존여비(男尊女卑)'에 대한 해석을 달리하는 세상이 되었다. "남자의 존재 이유는 여자의 비위를 맞추는데 있다."로.

폭력은 안 된다

　사람은 감정을 이성으로 다스리며 사는 존재이어야 한다. 이를 위해서는 교육이 필요하다. 대체로 학교와 사회에서의 교육은, 남에게 피해를 주지 않고 남에게 피해를 당하지도 않는 방법과 도리를 가르치는 것이라 생각된다. 이를 위하여 사람과 사람 사이에 반드시 해서는 안 되는 것이 있는데 바로 폭력이다.

　폭력은 어떤 경우에도 안 된다는 것이 계몽된 인간사회의 불문율이다. 인간사회에는 강자와 약자가 있게 마련인데, 폭력은 강자가 약자를 향해 힘을 남용할 때 발생한다. 그리고 폭력을 낳는 힘이란 육체적인 완력도 있지만, 법이나 사회풍조, 관습, 또는 종교적 교리나 전통에서 기인하기도 한다. 교육을 잘 받았다면, 힘이 있다고 약자에게 함부로 주먹을 휘두르지 않을 것이다.

　그런데 요즘 같이 개인주의가 강하고 민주주의가 발전한 사회에서는 약자에게서 폭력이 나오는 경우도 있다. 언제부터인가 드라마에는 여자가 남자를 때리는 장면이 거리낌 없이 비쳐지고 있다. 여자는 남자에게 맞으면 안 되고, 남자는 여자에게 맞아도 되는 법은 없다. 남자가 여자를 때려도 폭력이고, 여자가 남자를 때려도 폭력이다. 뺨을 때리건 물건을 집어 던지건, 폭력은 엄격히 금지시켜야 한다.

학교에서 체벌을 금지하라고 하니까 어이없게도 학생이 선생을 때리는 사태가 발생했다. 선생이 학생을 때려도 안 되지만, 학생이 선생을 때리는 것은 더할 나위 없는 폭력이다. 학생에 대한 폭력의 잣대는 더욱 엄격해야 한다. 학생이 선생의 옷을 휘어잡는 것도 폭력이요, 성적인 희롱을 하는 것도 폭력이다. 사회를 계몽하고 바른 윤리와 관습을 심어 주도록 노력해야하는 매스컴이나 교육계를 좌우하는 사람들은 정신을 차려야 한다.

세상이 정말 말세란 말인가? 사랑 없는 매를 자식에게 가하는 부모가 있는가 하면, 자식이 길러 준 부모에게 폭력을 쓰는 세상이니 이것이 웬말인가? 가장 신성해야 할 종교라는 울타리 안에서도 폭력이 계속되고 있다. 잘못된 교리를 세뇌시키고, 신(神)의 이름을 빙자하여 사람을 죽이고, 폭력과 테러와 전쟁을 정당화한 역사는 인류의 역사만큼이나 그 뿌리가 깊다.

폭력은 이단이나 저급 종교에만 있는 것이 아니다. 고급 종교라는 집단에서 행해지는, 폭력보다 더한 정치적, 경제적 기득권 싸움, 그리고 생사람을 잡는 권모술수가 우리를 슬프게 한다.

올림픽과 전쟁

　쿠베르탱(Pierre de Coubertin)에 의하여 1896년 제1회 근대 올림픽이 아테네에서 개최된 지 한 세기가 훨씬 넘었다. 그가 올림픽을 부활시킨 근본 목적은 청소년 교육에 있었다. 그는 당시 보불전쟁(프러시아-프랑스 전쟁, 1870-71)의 패배 후유증을 앓고 있던 프랑스 청소년들에게 용기와 희망을 주고자 하였고, 나아가서 스포츠를 통하여 세계 각국의 청소년들의 우정과 교류를 증진하여 세계평화에 이바지하고자 하였다.

　이러한 목적 때문에 본래 올림픽 경기에서는 프로 선수가 아닌 아마추어 선수들이 참가하게 되어 있었고, 축구를 비롯한 단체 경기는 배제하고 개인 경기만 허용되었다. 또한 철저히 상업주의를 경계하여 스포츠가 돈벌이의 수단이 되지 못하게 하였고, 이기는 데 목적이 있는 것이 아니라 세계평화와 화합을 위하여 참가하는 데 의의가 있도록 규약이 만들어지게 되었다.

　쿠베르탱은 스포츠를 통한 건강하고 행복한 시민사회를 꿈꿨다. 그리고 스포츠맨십의 사회적인 확대가 공정하고 신사적인 사회분위기를 조성한다고 믿었다. 그리고 이러한 개인과 사회의 성숙이 국제적인 교류와 평화로운 세계를 실현시킨다고 확신하였다.

그러나 오늘날의 올림픽은 많이 변질되었다. 스포츠는 이미 상업화 되었고, 올림픽은 유치를 위한 로비부터 대회 이후까지 돈 잔치가 되어 버렸다. 또한 참가하는데 의의를 두는 나라나 선수는 하나도 없고 오직 이기기 위하여 부정한 방법도 불사하고 있다. 그런가 하면 1936년의 베를린 올림픽이 독재자 히틀러에 의하여 정치에 이용당한 후, 많은 국가의 권력자들이 정치적인 목적으로 올림픽 경기 유치에 힘을 쏟았다.

쿠베르탱이 기대했던 세계 평화는 올림픽을 통하여 실현되지 않았다. 오히려 1차와 2차 세계대전을 비롯한 크고 작은 전쟁이 끊임없이 줄을 이었다. 올림픽의 정신대로라면 전쟁을 일으킨 나라는 절대로 경기에 참가할 수 없어야 하지만 현실은 그렇지 않다. 전쟁이 따로 없다. 올림픽 경기 자체가 수단 방법을 가리지 않는 메달 따먹기 전쟁이 되어 버렸다. 쿠베르탱이 오늘날의 올림픽 경기를 본다면 뭐라고 할까?

올림픽 말고도 변질되어 있는 것은 없는지 우리 주변을 살펴볼 일이다.

유토피아

16세기에 영국의 토마스 모어가 쓴 유토피아의 내용을 살펴보면 다음과 같다.

우선 유토피아는 독립된 섬나라이고, 3인의 대표가 삼권분립 형태로 다스리는 나라다. 왕은 세습하는 것이 아니라 백성들이 선출한다. 모든 시민들은 한 가지씩 기술을 가지고 있어야 하고, 의무적으로 노동을 해야 되고, 농사를 지어야 한다. 부동산 투기를 한다든지 돈놀이를 한다든지 하는 일은 있을 수 없다. 그리고 유토피아에는 노예 제도가 없다. 하루의 노동 시간은 6시간으로 엄격하게 제한되어 있다. 노동 후에 오락은 있지만, 노름이나 도박은 절대로 안 된다. 사회적으로 쿠데타는 금지되어 있다.

또한 유토피아의 세계는 한 도시에 6,000세대 이상 거주 할 수 없다. 그리고 몇 대가 모여 살던지, 한 세대 한 가정의 구성 인원은 10명에서 16명으로 제한되어 있다. 여자는 남자와 남편에게, 자식은 부모에게 무조건 복종해야 한다. 사형 제도는 없으며, 사형에 해당하는 사람들은 중노동을 시켜서 그 형벌의 대가를 치르도록 한다.

그리고 학문의 자질이 있는 사람들은 노동을 감해 주어 학문 연구에 열정을 내도록 규정하고 있다. 자신의 자유를 구가하는 것은 괜찮지만 자신의 자유 때문에 남의 자유를 침해하거나 남의 쾌락을 방해해서는 안 된다. 자유의사에 의한 결혼은 있으나 중혼이나 이혼은 금지한다. 군사 훈련은 하되 전쟁 도발 목적이 아니라 방어용이다. 전쟁을 일으키지 않으며 전쟁에서 이긴 것에 대해서 자랑거리로 삼지 않는다. 터무니없는 미신 이외에는 종교의 자유를 허락한다. 그리고 이 모든 내용은 법으로 정해져 있다.

이 유토피아라는 사회는 한두 가지만 빼면 우리에게 너무도 그럴듯한 사회의 모습이다. 요즘처럼 정치적, 경제적, 사회적, 교육적으로 모든 것이 답답하고 안 풀리고 괴롭고 근심과 걱정과 염려가 많을 때는, 16세기에 어떤 한 사람이 생각해 놓은 사회가 훨씬 더 이상적인 사회처럼 보이는 것을 부정할 수 없다. 21세기에 사는 우리 모두는, 인간이 문명을 발전시키고, 정치 형태를 발전시키고, 또 경제적인 정의를 실현시키기 위해 노력한 결과가 고작 이것밖에 되지 못하는가 하는 허탈감에 빠지곤 한다. 우리는 오늘도 유토피아를 꿈꾸며 살아가고 있다.

엘도라도(El Dorado)

　스페인어 엘도라도(El Dorado)는 황금의 도시를 뜻하는 말이다. 16세기부터 많은 정복자들이 이 숨겨진 전설의 도시를 찾아 나섰지만 모두 실패하였고, 인류의 머릿속에 영원히 전설로 남아있게 되었다.

　하지만 이 엘도라도를 찾고자 하는 열망이 발단이 되어 콜럼버스는 아메리카 신대륙을 발견하게 되었고, 스페인은 남미 대부분을 정복하기에 이르렀다. 그 후 엘도라도는 손쉽게 재물을 얻을 수 있는 모든 장소를 의미하는 말로 쓰이게 되었다. 엘도라도라는 도시의 전설에 관하여는 밀턴의 〈실락원 Paradise Lost〉 등의 문학작품에도 언급이 되었고, 영화로도 만들어졌다. 그리고 남미나 미국의 여러 도시의 이름이 되기도 하였다.

　허버트 세이버트(Hebert D. Seibert)가 편집장이었던 미국의 오래된 잡지 〈Commercial & Financial〉(커머셜 앤드 파이낸셜)에 실렸던 기사(1932년 12월 10일) 중에는 다음과 같은 글이 있다.

"엘도라도는 전대미문의 보물과 재화가 넘치는 나라인데, 이는 모든 사람 앞에 놓여 있다. 바로 당신의 발 앞에 노다지가 놓여 있다. 당신의 행운은 손닿는데 있다. 모든 것은 사람의 마음속에 있다. 돈을 버는 일, 삶의 형통, 번영의 길이 모두 마음에서 나온다. 지금 당신이 무엇을 찾고 있는가? 그렇다면 값을 치르고 가져가라. 여기에 공급이 달리는 경우는 없다. 다만 당신의 찾는 것이 귀중한 것일수록 그 값은 비싸다. 왜냐하면 우리의 얻고자 하는 바는 정신의 황금을 주고 사야하기 때문이다. 그리고 이 황금이란 자기 자신을 발견하는 것이다."

오늘도 황금의 도시 엘도라도를 찾는 인간의 욕망은 계속되고 있다. 그러나 인간이 자기 자신의 진정한 가치를 탐구하고 발견하려고 하지 않는 한 엘도라도에 도달할 수는 없다. 현대인들은 너무 바쁘게 산다. 모든 것이 황금을 얻으려는 노력이다. 조용히 자신을 돌아보고 스스로의 삶을 소중히 여기는 시간이 필요하다.

네잎 클로버의 꽃말은 행운이라고 한다. 그런데 세잎 클로버의 꽃말은 행복이다. 우리는 아직 갖지 못한 행운을 찾으려고 이미 주어진 행복을 마구 짓밟고 살지는 않는지 반성해야 하겠다. 주어진 현재의 삶에 대한 감사가 없이는 미래적 행운도 없다. 마음에 천국을 이루지 못한 사람들은 내세적인 천국을 기대할 자격이 없다.

민중의 적

　〈인형의 집〉으로 유명한 노르웨이의 극작가 입센(Henrik Ibsen)
은 1882년에 〈민중의 적〉(En Folkefiende)이라는 작품을 발표했다.

　노르웨이에 어느 작은 마을이 있었다. 별 특징도 없고, 주목도
받지 못하는 쓸쓸한 마을이었다. 그런데 이 마을에서 온천이 발견
되면서 관광객들이 몰려들었다. 각종 유흥장, 오락시설, 여관, 상
점 등이 들어서면서 마을은 환락의 도시로 변모해갔다. 땅 값이 오
르고 벼락부자가 생겨났다. 어느 날, 그 마을의 의사 한 사람이 온
천물을 검사하게 되었다. 그런데 물이 아주 비위생적이 되어 있었
다. 온천물은 마실 수도 없고 목욕도 할 수 없는 물일 뿐 아니라,
목욕을 하면 악성 질병과 피부병의 위험까지 있었다. 사실상 온천
은 전염병의 소굴이었다.

　그런데 이 사실을 알고 당황한 사람은 온천관리위원장을 맡고
있었던 의사의 형과 그 주변 사람들이었다. 시설 보수에 막대한 돈
과 시간을 투자하였는데 모두 망하는 판이 되었으니 말이다. 이들

은 의사를 회유하고 설득하려고 하였다. 하지만 말을 안 듣자 협박을 서슴지 않았다. 엉터리 여론조사를 벌인 후에, 동네 주민 모두가 당신을 반대하니 마을의 유익을 위하여 생각을 바꾸라고 강요하였다.

의사는 고민에 빠졌다. 다른 데로 이사 갈까 생각도 했지만 양심을 굽힐 수가 없었다. 그는 진실만을 말했다. 결국 이 사실이 퍼져나가기 시작하였다. 그러나 돈에 눈이 먼 사람들은 모처럼 얻은 이권을 포기 할 수 없었다. 결국 매스컴을 매수하였고, 돈에 매수된 매스컴은 의사를 민중의 적으로 매도하였다.

나이를 먹을수록 세상에 정의가 없다는 것을 느끼게 된다. 돈과 권력과 언론이 야합하면 정의는 죽고 만다. 사악한 목적을 위해 거짓 편에 서서 바른 말을 하는 사람을 매장하는 사회는 건강할 수 없다. 선거철만 되면 온통 불의와 거짓이 판을 치고, 악성 유언비어가 난무한다. 이는 교회의 선거도 마찬가지이다. 권력과 매스컴이 정신 차려야 정의로운 사회가 도래한다고 확신한다.

법과 사랑

프랑스의 작가 빅토르 위고의 대표작 〈레미제라블〉(Les Misérables)에는 법이라는 주제를 중심으로 세 종류의 인간상이 나온다.

그 첫째는 무정한 법에 의하여 희생당한 사람의 모습이다. 주인 공 장발장은 빵 한 조각을 훔친 죄로 19년 간이나 감옥살이를 하게 된다. 가난과 배고픔에 의하여 저질러진 작은 실수의 대가치고는 너무나 엄청난 것이었다.

둘째는 사랑으로 법의 희생자들을 구원하는 사람의 모습이다. 밀리에르 신부는 19년 형을 살다 나온 장발장을 따뜻하게 맞아 주었다. 그가 배은망덕하게 은그릇을 훔쳐 달아나다가 경찰에 잡혀 왔을 때에도, 끝까지 사랑을 베풀어 주어 결국 새사람으로 거듭나게 한다.

셋째는 경직된 법에 중독이 되어서 죄를 범한 사람들에게 일말의 동정도 연민도 없는 사람의 모습이다. 자베르 형사는 새사람이 된 장발장을 집요하게 추적하며 괴롭힌다. 하지만 장발장은 프랑스 혁명이 일어났을 때 민중에게 체포된 자베르를 살려 준다. 그는 양심의 가책으로 자살하고 만다.

여기서 우리는 다음과 같은 것들을 생각해 볼 수 있다. 우선 법이 만인에게 공정하지 않다는 사실이다. 때때로 부와 권력을 가진 자들은 쉽게 법망을 피해가고 법의 허점도 이용한다. 하지만 가난하고 미천한 사람들은 법의 억압 아래 고통 받을 때가 있다. 법이 초라한 다수를 규제하고, 고귀한 소수에게 관용과 특혜를 주는 경우가 비일비재하다.

둘째는, 법 집행은 사회의 공익을 위한 것이지 개인의 형벌 자체를 실현하는 것이 아니다. 다시 말해서 법은 사회의 선을 위한 도구일 뿐 그 자체가 목적일 수 없다. 연민과 사랑을 모르는 기계화된 법 집행은 인간 사회를 행복하게 만들지 못한다.

셋째는, 오직 법으로만 다른 사람을 심판하려는 완벽주의자들은 언젠가는 그 법에 자신이 걸려든다. 자베르 형사는 평생의 신조로 알고 추격했던 범인 장발장에 의하여 목숨을 구제 받는다. 그리고 자살로 생을 마감한다.

법이 사랑을 품을 때 인간이 숨 쉴 수 있는 사회를 만드는 것이다.

생명의 빛

영화 '사랑의 기적'(Awakenings)은 정신과 의사인 세이어 박사가 파킨슨병을 앓고 있는 레너드라는 환자를 고쳐내는 이야기다. 세이어 박사는 파킨슨병을 위해 새로 개발된 엘도파(L-DOPA)라는 신약을 레너드에게 투여하여 임상 실험을 한다. 그리고 레너드는 그 약 덕분에 상태가 호전되기 시작하였다. 레너드가 좋아지자 다른 모든 환자들에게도 이 약이 투여된다.

사람들이 레너드가 좋아졌을 때 소감을 물었다. 그는 삶이란 기쁜 것이고 자유로운 것이고 경이로운 것인데, 대부분의 사람들이 이런 삶의 가치를 너무 귀하지 않게 여기며 살아가고 있다고 대답했다.

오늘날의 현대인들은 삶의 가치를 상실한 채 살아가고 있다. '왜 사는가?'라는 기본적인 질문조차 스스로에게 해 보지 않는다. 그런 건 몰라도 되는 것이요, 그냥 살아도 살아지는 것이요, 태어났으니 죽지 못해서 사는 것이 아니냐는 책임감 없는 생각 속에서 하루하루를 보내고 있다. 삶이 사명이 되지도 못하고, 삶의 소중함에 대한 생각도 없다. 그저 동물처럼 목숨을 부지하고 사는 것이 현대인들이다.

그러니 '무엇을 추구하며 사는가?' 라는 질문도 의미가 없어진다. 돈과 출세와 명예의 노예가 되어 구렁텅이에서 허우적거리며 살고 있다. 사람답게 살고자 하는 기본적인 생각도, 하나님의 영광을 위해 살아보겠다는 생각도 없다. 그저 눈에 보이는 이익만을 추구하며 부나비처럼 살아간다.

그러다 보니 '어떻게 살 것인가?' 라는 질문에도 할 말이 없다. 삶에 기준이 없고, 좌우명도, 인간됨의 자세도 없다. 어떤 삶이 하나님 보시기에 아름답고 고상한 것인가에 대하여 생각하지 않는다. 마치 어둠 속을 헤매는 눈 먼 사람들과도 같다.

숨 쉬는 것 자체가 고통스럽게 느껴지는 정치적, 경제적, 사회적 환경 속에서, 우리는 오늘도 생존을 위하여 몸부림치고 있다. 삶에 대한 기쁨도, 자유도, 감사도, 경이로움도 느끼지 못하는 현대의 '레너드' 들이 군집하여 살아가고 있다.

'왜 사는가?', '무엇을 추구하며 사는가?', '어떻게 살 것인가?' 에 대한 고민이 없는 삶은 병이 든 상태이다.

안락사(安樂死)

　히포크라테스의 선서 중에 "환자는 물론 어느 누구에게도 독약을 주지 않을 것이며, 비록 그런 요청을 받더라도 이에 응하지 않을 것"이라는 조항이 있는 것으로 미루어 보면 안락사 논쟁도 꽤 오랜 역사를 가지고 있음에 틀림없다. 안락사를 일컫는 에우타나시아(Euthanasia)는 희랍어의 eu(아름답게, 행복하게)와 thanatos(죽음)라는 말의 복합어로서 '아름답고 존엄한 죽음'의 뜻을 가지고 있다.

　안락사 논쟁에 불을 붙인 사건은 1975년 미국에서 있었던 카렌 앤 퀸란(Karen Ann Quinlan) 양의 사건이었다. 1975년 4월 당시 21세였던 퀸란 양은 친구의 생일 파티에서 진토닉에 농약을 섞어 마신 뒤 혼수상태에 빠졌다. 이후 6개월 간 뉴저지에 있는 클라라(St. Clara) 병원에서 정맥 주사와 인공호흡기로 연명하는 지속적 식물인간상태(PVS)가 되었고, 그녀의 주치의는 '인공호흡장치를 제거하면 오래 살지 못할 것'이라고 진단하였다.

부모는 회복 불가능한 딸이 품위와 존엄 속에 죽기를 바란다며 병원 측에 인공호흡기를 제거해 줄 것을 요청했다. 하지만 담당 의사가 이를 거절하자 퀸란의 아버지 조셉 퀸란은 후견인으로서 뉴저지 주 법원에 '생명 장치의 제거를 허가해 달라.'고 신청하였는데, 제1심 법원은 이를 기각하였으나 뉴저지의 주 최고법원은, 후견인이 원하고 사회적 공감대가 있고 의사와 병원 당국이 찬성한다면 인공호흡기를 제거해도 좋다는 판결을 내렸다.

　드디어 퀸란 양에게서 인공호흡기가 제거되었다. 그런데 문제는 그녀가 그 후 인공호흡기의 도움 없이도 9년 간이나 더 생존하다가 1985년 6월 13일 간염 합병증으로 사망했다는 것이다.

　안락사에 대한 여러 에피소드가 있다. 기록에 따르면 탐험가 헌트(Hunt)라는 사람은 남태평양의 한 섬을 여행하던 중 자식이 노모를 생매장하면서 서로 정다운 대화를 나누고 있는 것을 발견했다고 한다. 여진족 풍습에는 병들어 살 가망이 없는 노부모를 좋은 음식으로 극진히 대접한 다음 가죽 주머니에 담아 나뭇가지에 건후 화살을 쐈다고 한다. 이때 단번에 쏴 죽여야 효자라는 소리를 들었다고 한다.

　고통을 덜어준다는 의미에서의 안락사 문제는 고려할 수도 있겠지만, 행여 경제적 부담이 이유가 되어 비윤리적인 의사와 결탁한 의도적 살인의 부작용이 있을까 심히 염려된다.

비판과 사랑

몇 년 전 기차를 타고 가는데 내 옆에 할머니 한 분이 계셔서 이런저런 이야기를 나누었다. 그 할머니는 아들 셋에 딸이 둘이라고 했다. 할머니 나이 40이 되던 해에, 남편이 사업에 실패하여 그만 화병을 얻어 죽었다고 한다. 그 후 맨주먹으로 5남매를 키웠는데, 그 습관 때문에 지금도 일을 하고 계신다고 했다.

아들이 결혼하여 며느리와 같이 사는데 며느리에 대한 불만이 많으셨다. 시어머니가 아침에 일하러 나가는데 피곤하다고 일어나지도 않고 아침상도 차려 주지 않는다는 것이다. 어떤 때는 너무 화가 나서 고함을 지르고 싶었다고 한다. 그러나 그때마다 시집간 딸을 생각했단다. 우리 딸은 얼마나 잘 하기에 내가 남의 딸 못한다고 구박을 할 수 있을까 생각 하니, 오히려 며느리가 어린애들 때문에 밤잠을 설쳐서 피곤하겠지 하는 마음이 들어 측은하게 생각되어지더란다. 불만이 없지는 않지만 지금까지 며느리와 별 탈 없이 잘 지내고 있다고 한다. 그리고 당신 친구들이 며느리와 갈등이 있어 불평을 할 때는 오히려 "네 딸은 얼마나 잘할 것 같으냐." 하며 핀잔을 준단다. 그러면서 사람이 살면 얼마나 산다고 한 집에서 아옹다옹하며 살 것이냐며, 불평을 나 자신에게서 찾으면 다른 사람에 대한 원망의 마음이 없어진다고 말씀하셨다.

이와는 아주 다른 이야기가 있다. 어느 어머니가 아들과 딸을 결혼시켜 모두 미국으로 보내고 혼자 살고 있었다. 아들과 딸이 한 번 미국에 오시라고 간청을 하여, 큰맘 먹고 태평양을 건너 LA로 날아갔다. 딸이 너무 보고 싶어서 딸과 사위가 사는 집을 먼저 방문하였다. 그런데 그 다음날 이른 아침인데 이상한 일이 벌어졌다. 딸은 피곤한지 자고 있고, 사위 혼자 일어나서 아침상을 차려 먹고 출근을 하는 것이 아닌가? 사위에게 고마운 마음이 들었다. 그리고 딸에게는 애처로운 마음이 들었다. 아이들 때문에 얼마나 피곤했으면 남편 출근하는데 일어나지도 못할까 하고 생각하였다.

그리고 얼마 후 아들네 집엘 갔다. 그런데 이튿날 새벽에 며느리는 자고 있는데 아들이 혼자 일어나 부엌에 가서 계란을 부치고 반찬을 꺼내서 밥을 차려먹고 가는 것이었다. 순간 며느리에 대한 괘씸한 생각에 화가 치밀었다. 내가 어떻게 기른 아들인데 손에 물을 묻히게 하고, 남편이 출근하는데 얼굴도 안 내미는가 생각하니 며느리가 미워지고 아들이 불쌍하게 생각되어 눈물이 나왔다.

신앙생활이 무엇일까? 이웃을 내 몸처럼 생각해 주는 마음이 아닐까?

진리와 자유

쇼팬하우어는 그의 〈인생론〉이란 책에서 인간이 가장 바라고 원하는 것은 건강과 청춘과 자유라고 하였다. 이 중에서 건강과 청춘은 내 맘대로 할 수 없는 요소들이다. 건강은 내가 자신한다고 얻어지는 것이 아니다. 질병은 건강을 자신하는 사람에게도 언제든 찾아올 수 있다. 심지어는 건강을 책임지고 있는 의사들까지도 예외는 없다. 각종 사건과 사고의 위험 속에서 우리의 생명은 늘 위협받고 있다.

한편 청춘이라는 것은 시간의 문제이다. 우리 옛노래에 "홍안 소년 미인들아 자랑치 말고 영웅호걸 열사들아 뽐내지 마라."라는 가사가 있다. 청춘은 시간 앞에 무기력하게 소진되고 젊음은 유수 같은 세월 앞에 속수무책으로 떠나가는 것이다.

건강이나 청춘에 비해 자유라는 것은 어느 정도 자신의 의지에 의해 얻고 누릴 수 있는 요소라고 생각한다. 그리고 이 자유의 삶을 위해서는 필수적으로 갖추어야 할 것들이 있는데, 우선 자존심에

손상을 입지 않을 만한 자아적 요소를 갖추는 일이다. 다시 말하면 내가 스스로를 긍정할 만한 외적 요인이 있어야 된다는 것이다.

예컨대 건강해야 하고, 보편적인 체격과 체력이 있어야 하고, 용모가 보통이상은 되어야 하고, 어느 정도 지성적이어야 한다. 또한 살아가는데 불편이 없을 정도의 물질적 요소가 충족되어야 한다. 의식주는 물론이고 자신의 품위 유지를 위한 어느 정도의 돈과 재산이 필수적이다. 그런가 하면 남에게 내세울만한 사회적 요소를 구비하는 일이다. 부끄럽지 않은 직업과 지위와 명성이 있을 때 사람들은 비로소 자유의 삶을 말할 수 있다.

우리는 여기서 질문해야 한다. 이 세상적인 조건만 갖추면 정말 자유로운 삶이 보장되는가 하는 것이다. 성경에는 자유를 위한 또 하나의 물음이 있다. 그것은 바로 "너는 죄로부터 자유한가?"라는 것이다. 그렇다면 죄란 무엇인가? 예수님의 말씀을 종합하면, 자신에 대하여 무지한 것이 죄의 상태다. 무지의 상태에서 자신을 알기 위해서는 진리 안에 들어와야 한다. 그러기에 "진리가 너희를 자유케 하리라."고 선언하셨던 것이다.

참 자유의 삶은 진리 안에서 사는 것이다. 독일 신학자 본훼퍼는 '자유에 이르는 정거장'이라는 시에서 자유에 이르는 네 가지 계단을 말하는데 자기훈련, 행동, 죽음, 고통이 그것이다. 자유는 하나님과 이웃을 위해 스스로 종이 되는 삶이다. '오늘 우리의 삶은 자유한가?'를 다시 한 번 물어야 하겠다. '자유는 공짜가 아니다.' (Freedom is not free.)라는 말을 새겨보면서….

사랑과 결혼

　세상엔 결혼한 사람도 있고 결혼하지 않은 사람도 있다. 우리는 사랑의 열매로 결혼을 생각하고 결혼의 결실로 행복을 꿈꾼다. 하지만 현실은 그렇게 간단하지 않다. 사랑하다가 무수히 실패하여 가슴에 영원한 상처를 남기기도 한다. 사랑에 실패할 때 어떤 사람은 삶을 포기하거나 세상을 증오하여 폭력적이 된다. 또는 다른 일에 몰두하여 헤어나려고 애쓰는 사람도 있다. 우리가 분명히 알아야 할 것은 사랑의 실패는 결혼의 실패가 아니며, 더더욱 인생의 실패가 아니라는 사실이다. 시간이 흐르면 새로운 사람을 사랑할 수 있게 되고 결혼도 할 수 있게 된다.

　처녀 총각 시절에 생각하는 결혼은 가히 환상적이다. 사랑하는 사람과 언제나 함께 있을 수 있다는 사실은 설레는 마음을 갖기에 충분하다. 하지만 결혼은 사랑보다 훨씬 더 복잡하고 어렵다. 그래서 많은 철학자나 사상가들은 결혼에 대하여 상당히 부정적인 견해를 피력하고 있다. 결혼에 대한 다음의 명언들을 곱씹어 볼 필요가 있다. ①"모든 비극은 죽음으로 끝나고, 모든 희극은 결혼으로 끝난다."(바이런), ②"결혼하여라. 만일 좋은 부인을 얻으면 행복할 것이고 악처를 만나면 철학자가 될 것이다."(소크라테스), ③"결혼 전에는 두 눈을 크게 뜨고 보라. 그리고 결혼 후에는 한 쪽 눈을 감으라."(풀러), ④"결혼은 새장과 같다. 밖에 있는 새들은 속으로 들어가려고 하고 속에 있는 새들은 벗어나려고 한다."(몽테뉴), ⑤"결혼에 있어서 중요한 것은 스무 번이고 백 번이고 다시 생각해 보는 것이다."(톨스토이), ⑥"결혼하지 말아 보아라, 그대는 후회할 것이다. 결혼해 보아라, 그대는 더 후회할 것이다."(키에르케고르)

그런데 이와 같이 훌륭한 인류의 스승들 중에도 스스로 결혼하지 않았거나, 결혼했더라도 그 생활이 매우 불행했다는 사실 때문에 우리의 고민이 깊어진다. 사랑은 눈물의 씨앗이요 결혼은 곧 불행의 시작이라고 한다면, 누가 결혼하여 행복할 자신이 있다고 말할 수 있으랴!

사랑엔 중용이 있어야 한다. 중용이 없는 사랑은 불안과 증오를 동반한다. 결혼은 중용을 배우는 교실이다. 이를 위해 필요한 것은 인내이다. 성경에도 사랑은 오래 참고 모든 것을 견딘다는 말씀이 있다. 중용에 기초한 사랑은 아름답고 평안하다. 그러나 중용을 모르는 결혼은 언제나 불행하고 불안하고 불만족스럽다.

예술 같은 삶

　휘셔 디스카우(Dietrich Fischer-Dieskau)는 독일 최고의 성악가이다. 특히 그가 부르는 독일 가곡은 타의 추종을 불허한다. 오래 전에 독일의 TV방송에서 '휘셔 디스카우의 매스터클라스' 라는 제목의 시리즈를 기획 방영한 적이 있었다. 그 내용은 디스카우의 무대 연습장면과 학생들 레슨(Lesson) 하는 장면을 방영하는 것이었다.

　그 중 '베무트'(Wehmut, 비애)라는 가곡의 연습장면이 눈에 띄었다. 디스카우는 가사의 뜻과 감각을 완전히 익힌 후 노래하기 시작했다. 그날의 반주자는 유명한 크리스토프 에셴바하(Christoph Eschenbach)였는데, 그도 눈을 감고 입으로 가사를 음미하면서 반주하고 있었다. 두 사람은 모두 눈을 감았으나 시종일관 음악 속에서 합일된 모습으로 대화를 주고받듯이 노래를 만들고 있었다.

　드디어 노래가 끝날 무렵 디스카우의 눈에 눈물이 맺혀 있는 것이 카메라에 클로즈업 되었다. 그런가 하면 반주자 에셴바하의 눈가에도 역시 눈물이 고여 있었다. 두 사람은 음악이 끝나고 한참을 침묵 속에서 미동도 하지 않고 있었다. 잠시 후 두 사람은 진지하게 음악 해석에 대해 대화를 나누기 시작했다. 그러면서 매스터클래스의 프로그램이 막을 내렸다. 참으로 아름답고 감동적인 장면이었다.

이들의 모습이 감동적인 이유는 무엇일까? 첫째로, 최선을 다하는 모습 때문이다. 정식 무대도 아닌 하나의 연습 시간에, 혼신의 힘을 다해 연주하는 그 모습이야말로 예술이 아닌가? 둘째로, 그들이 음악 속에서 완전한 합일을 이루어 완벽한 작품을 만들어 내었기 때문이다. 셋째로, 눈물이 있기에 그렇다. 죽어 있는 오선지의 음표를 하나의 생명체로 살려 내고 기쁨에 겨워 조용히 눈물 흘리는 모습이 아름답다. 넷째로, 두 사람이 오로지 한마음이 되어 양보하고 헌신했기 때문이다.

아름다움을 남기고 감동을 전해 주는 삶이 그리운 시대이다. 작은 연습 같은, 그리 중요하지 않은 시간에도 최선을 다했으면 좋겠다. 모두가 하루의 삶을 멋진 작품으로 만들기 위해 서로 양보하고 헌신했으면 좋겠다. 침묵 속에서 조용히 느껴지는 내면의 희열을 맛보며 매일매일 감동을 낳는 생활이 되었으면 좋겠다.

헨델의 메시아와 인간승리

인간의 삶에는 가끔 전화위복의 축복이 있다. 원하던 꿈은 좌절되었지만 다른 방면에서 성공을 거두는 사람들이 있다. 삶에서 중요한 것은 꿈의 좌절에 굴하지 않고 그 다음의 목표를 향하여 열심히 노력하는 것이다. 헨델의 오라토리오(Oratorio) '메시아'도 그렇게 쓰여졌다. 헨델은 본래 교회음악에 별 관심이 없었다. 그의 관심은 오페라(Opera)에 있었다. 이는 동시대의 거인(巨人)이며 일평생 교회음악에 몰두했던 바하와 아주 다른 모습이다. 두 사람은 모두 바로크 음악의 거장이었지만 바하는 경건주의에 속해 있었고, 헨델은 계몽주의에 속한 인물이었기에 그들의 음악적 행보는 크게 달랐다. 바하가 경건한 신앙 안에서 하나님을 위한 음악만을 작곡하며 살아가는 동안, 헨델은 자신의 출세와 명성을 위해 살다가 실패하고 나중에야 하나님을 위한 음악에 귀의한 인물이다.

오늘날 '교회음악의 최고봉'이라는 찬사를 얻고 있는 '메시아'는 어떻게 작곡되었을까? 이 메시아를 작곡하기 전까지 헨델의 생애는 수난의 연속이었다. 그는 오페라에 관심과 열의를 보이며 열심히 작곡하였으나 번번이 흥행에 실패하였다. 오죽 답답했으면 살던 조국 독일을 버리고 영국으로 갔을까? 그는 1710년 영국으로 건너가서 오페라 리날도(Rinaldo)를 쓴다. 그리고 이것이 성공을 거두면서 비로소 작곡가로서의 명성을 얻게 된다. 그는 1741년까지 기악음악, 합창음악, 오라토리오, 오페라 등에 손을 대보았지만 '수상음악' 등 몇 편의 성공에도 불구하고 그가 원하던 오페라에서는 계속 흥행에 실패하였다.

헨델이 이렇게 정신적으로나 경제적으로 실의에 빠져 있을 때 새로이 눈을 돌린 분야가 바로 오라토리오이다. 그는 1741년부터 10년 동안 오라토리오에 몰두했다. 1741년! 그의 '메시아'가 작곡된 해이다. 이 한 편의 오라토리오가 46편의 오페라보다 그의 명성을 더 높였으며, 그를 교회음악사에서 위대한 공로자로 인정받게 했다.

실의와 좌절은 우리를 위축시킨다. 모든 것을 포기하게 만들고 부풀었던 꿈을 접게 만든다. 그러나 아직은 끝이 아니다. 끊임없이 삶의 의미를 찾아 노력하는 사람에게는, 하나의 문이 닫히더라도 다른 하나의 문이 열리는 것이다. 100가지의 계획 중 한 가지만 이루었다 해도 그 속에 인간승리의 감격이 있다. 무려 56년 동안 헤아릴 수 없는 실패와 좌절 속에서도 절망하지 않고, 마침내 오라토리오 '메시아'로 신앙과 삶의 지평을 개척했던 헨델은 무기력한 우리에게 신선한 감동을 준다.

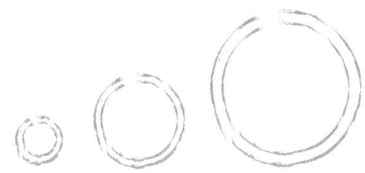

II. 믿음을 생각하며

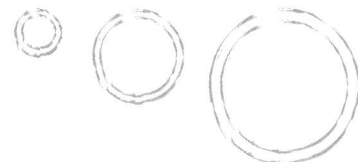

니고데모의 질문

　인간을 겸손하지 못하게 만드는 요인에는 다음의 세 가지가 있다. 첫째로, 아는 것이 많을 때이다. 가진 지식 때문에 다른 사람의 소리가 귀에 들어오지 않는 경우가 있다. 배우려는 자세는 없고 가르치려고만 하는 사람, 말하려고만 하고 남의 말을 듣지 않는 사람, 자기 지식의 기준을 미리 세워 놓고 다른 사람을 자기에게 맞추려는 사람은 교만한 사람이다. 아는 것이 많아도 다른 이에게 배우려는 사람이 겸손한 사람이다.

　둘째로, 가진 것이 많을 때이다. 남보다 더 가졌다고, 가난한 사람이 어울릴 수 없는 말을 하는 사람이 있다. 없는 사람을 위한 행동의 배려에 언제나 빈틈을 보인다. 가진 것이 많아도, 없는 사람의 존경할 부분을 찾아서 예를 갖추는 사람이 겸손한 사람이다.

　셋째로, 높은 명예가 있을 때이다. 선거철만 되면 국회의원들이나 고위 관리들이 시장에 가서 물건을 사고, 자가용 대신 지하철을 타면서 전시효과를 기대한다. 그러나 국민들은 진실하고 선량한

지도자를 원하고 있다. 평소에도 명예의 자리를 벗어나 무명의 사람들과 함께 하고, 그들과 같이 호흡하는 사람이 겸손한 사람이다.

그런 의미에서 볼 때 요한복음 3장의 니고데모는 겸손한 사람이라고 할 수 있다. 그는 바리새인이었으며 당대의 랍비였고 백성의 선생이었다. 산헤드린 공회 회원으로서 오늘날의 국회의원 신분에 해당하는 명예를 가지고 있었다. 또 나중에 예수님의 시신을 위하여 몰약과 침향을 100근이나 준비했으니 아주 부자이기도 했다.

그런 니고데모가 예수님을 찾아 온 것이다. 그는 랍비라는 자신의 신분을 벗어 버리고, 당시 사람들 사이에서 무명의 존재나 다름없었던 주님을 랍비라고 부르며, 가장 기초적인 문제인 거듭남에 대하여 질문을 던지면서 가르침을 받는다.

오늘날 그리스도인들의 문제는 니고데모가 던진 질문에 그 해답이 있다. 거듭남의 체험이 있어야 한다는 것이다. 그래야 회심 사건의 감격에서 온기가 생기고, 죽어 마땅할 죄인을 살려 주신 은총에 보답하려는 겸손이 생긴다. 거듭나야 지식과 재물과 명예로 거만해진 마음들이 죄인 됨의 자리를 회복하게 된다.

사랑을 믿으세요

   미래에 대한 공포의 뿌리는 현재에 있고, 현재 생기는 분노의 뿌리는 과거에 있다. 지금 분노하고 있다면 그것은 과거에 대한 후회 때문이다. 과거가 후회스럽기에 현재가 불만스럽고 짜증이 나는 것이다. 또 지금의 처지가 불안정하고 준비된 것이 없으면 사람들은 절망 속에서 미래에 대해 공포를 느낀다.

   이렇게 사람이 공포와 분노 속에 있으면 고독감에 빠지게 된다. 혼자라는 생각, 아무도 나를 이해하지 못한다는 생각이 들면, 누구의 사랑도 받아들이지 못하는 상태가 된다. 사람에게 가장 가까운 상대는 가족이다. 자식이 있고 배우자가 있는 가정이야말로 고독한 인간이 쉼을 얻고 자유를 누릴 수 있는 공간이다. 그런데 오히려 자식이 말썽을 부리고, 아내나 남편 때문에 고통을 받게 되는 경우가 있다. 이렇게 되면 자신감이 없어지고 피해의식이 생겨나서 사람 만나는 일을 꺼리게 된다. 그리고 사회에 나가 경쟁할 자신마저 없어지게 된다. 사람이 왜 늙고 병이 드는가? 공포와 분노

사이에서 고독을 감당하면서 살아야 하기 때문이다.

기왕에 사는 인생을 젊고 건강하게 살아야 한다. 그러기 위해서는 우리의 과거와 현재와 미래를 모두 하나님께 맡기고 하나님의 사랑을 믿어야 한다. 그러면 풀리지 않는 문제들까지도 하나님의 사랑 안에 있음을 깨닫게 된다. 그때 비로소 공포와 분노도 사라지게 되는 것이다.

해신(海神)이라는 드라마가 있었다. 이 드라마의 말미에서, 악독한 자미부인이 장보고의 연인인 정화를 납치하고, 장보고에게 자기 말을 안 들으면 정화를 죽이겠다고 한다. 장보고는 대의(大義)를 위해 그 청을 도저히 들어줄 수가 없었다. 자미부인이 정화에게 가서 이 사실을 알려 준다. "네가 사모하는 장보고가 너를 구하지 않겠다고 말했다. 네가 지금이라도 장보고를 배신하고 내 사람이 되면 살려 주겠다."고 하자 정화는 다음과 같이 조용하지만 힘 있게 대답하였다. "부인은 누구를 사랑해 보셨습니까? 한 사람을 사모한다는 것은 그 사람의 모든 선택과 결정을 믿는 것입니다."

그렇다! 하나님을 사랑한다는 것은 하나님의 모든 결정과 선택을 믿는 것이다. 이런 믿음만 있으면 젊고 건강하게 살 수 있다. 이 믿음 안에서 마음의 분노와 공포를 몰아내고 고독의 병도 치료하여 보자.

믿음이 무엇인가?

죽음의 현상을 연구하는 학문분야인 타나톨로지(Thanatology)의 학자들은, 인간이 죽음에 대해 공포심을 갖는 이유를 다음과 같이 말한다.

첫째, 죽음에 대한 경험이 없기 때문이다. 죽은 다음에 어떻게 되는가를 알 수 없기에, 모르는 길을 가야하는 공포심이 그들에게 있다.

둘째, 죽음의 고독을 혼자 감당해야 하는 두려움 때문이다. 나 혼자 죽어야 하므로 고독하다. 사랑하는 가족이나 친구들과도 단절되므로 고통스럽다.

셋째, 신체를 잃게 되는데 따르는 두려움 때문이다. 자신의 형체가 영원히 사라지는데 대한 공포가 엄습한다.

넷째, 자기 통제 능력의 상실감에서 오는 두려움 때문이다. 죽음이 가까울수록 몸이 말을 듣지 않는다. 의식이 몽롱해지고 정신과 육체가 따로 놀면서 자기라는 존재가 분리되는 충격을 받는다.

다섯째, 통증에 대한 두려움 때문이다. 육신의 통증과 함께 정신적인 고통이 수반되면서 사는 것이 지옥과 같아 지탱하기가 힘들다.

여섯째, 주체성의 상실감에서 오는 두려움 때문이다. 나라는 존재가 이제 세상에서 없어지니 지금까지 살아온 시간들의 의미도 없어진다. 돈 벌고 출세하고 공부한 모든 것들이 허무하게 느껴지는 것이다. 죽음을 앞에 두면 무의미한 목적을 위해 남을 속이고 거짓말하고 모함하고 짓누른 모든 사건들을 후회하게 된다. 그러기에 먹지 않고 쓰지 못했던 전 재산을 사회에 헌납하고 죽는 이들도 있고, 신체 일부를 기증하거나 원수 맺었던 사람들과 화해하고 죽는 이들도 있다.

믿음이 무엇인가? 믿음은 나도 죽을 것이라는 사실을 인정하는 것이다. 그것은 죽음 뒤에 오는 하나님의 심판을 인정하는 것이요, 살아 계신 하나님을 인정하는 것이다. 하나님이 역사의 주인이시요, 모든 생사화복이 하나님의 주권 아래 있음을 인정하는 것이다. 이 믿음이 있어야만 세상의 욕심을 줄일 수가 있다.

우리는 다 죽을 것이다. 이 사실 안에서 정말 가치 있는 것이 무엇인가를 헤아리는 것이 믿음이다. 나도 죽을 것이라는 것을 인정할 때 우리의 모습이 조금 더 아름다워질 수 있다.

이성봉 목사의 인생모경가

우리나라 최초의 전문 부흥사 이성봉 목사는 성결교단 총회로부터 부흥사의 사역을 허락받아 전국 팔도를 돌며 부흥회를 인도하였고, 만주, 일본, 미국에까지 가서도 복음을 전했다. 이성봉 목사는 설교 중에 찬송을 곧잘 불렀는데, 그의 뛰어난 음성은 신앙적인 가사가 더하여져 듣는 이들의 심금을 울렸다. 이성봉 목사는 찬송을 만드는데 당시의 대중음악이나 민요 가락을 사용하기도 하였고, 기존 찬송가의 곡조에 새로운 가사를 창작하여 부르기도 하였다. 오늘날도 생생하게 남아 있는 그의 대표적 찬송시 중에는 현행 찬송가 266장(주의 피로 이룬 샘물)의 곡조에 가사를 붙인 '인생모경가' (人生暮境歌)가 있는데 참으로 귀한 내용을 담고 있다.

1. 꿈결 같은 이 세상에 산다면 늘 살까/ 일생의 향락 좋대도 바람을 잡누나/ 험한 세월 고난 풍과 일장춘몽이 아닌가/ 슬프도다 인생들아 어디로 달려가느냐./ 2. 이팔청춘 그 꽃다운 시절도 지

나고/ 혈기방장 그 장년도 옛 말이 되누나/ 성공 실패 꿈꾸면서 웃고 우는 그 순간에/ 원치 않는 그 백발이 눈서리 휘날리누나./ 3. 해와 달과 별까지도 총명하던 정신/ 안개구름 듬뿍 끼어 캄캄해지누나/ 모든 정욕 다 패하고 아무 낙도 없어지니/ 땅에 있는 이 장막은 무너질 때가 되누나./ 4. 인삼 녹용 좋다 해도 늙는 길 못 막고/ 진시황의 불사약도 죽는데 허사라/ 인생 한 번 죽는 길을 누가 감히 피할소냐/ 분명하다 이 큰 사실 너도나도 다 망한다./ 5. 꽃이 떨어진 후에는 열매를 맺고요/ 엄동설한 지나가면 양춘이 오누나/ 어두운 밤 지나가면 빛난 아침이 오리니/ 이 세상을 다 지난 후 영원한 천국 오리라./ 6. 근심마라 너희들은 하나님 믿으니/ 또한 나를 믿으라고 주 말씀하신다/ 내 아버지 그 집에는 있을 곳이 많다지요/ 기쁘도다 주님 함께 영원히 함께 살리라./ 7. 강 건너편에 종소리 내 귀에 쟁쟁코/ 보석성에 그 광채는 눈앞에 찬란타/ 앞서 가신 성도들이 주님 함께 기다린다/ 어서가자 내 고향에 할렐루야로 아멘.

내세를 잃어버린 신앙이 한국교회의 문제이다. 젊음을 자랑하고, 돈을 자랑하고, 명예와 총명과 지식과 건강을 자랑하면서 다가올 하나님의 영원한 나라에 대한 감각이 무뎌가고 있다. 교계의 자리다툼이 여전하고 선거의 뒷말이 아름답지 못함은 종말신앙의 허약함 때문이다. 이성봉 목사의 노래를 다 같이 불러 보자. 그리고 세상의 욕심이 모두 허무한 것임을 깨닫고 회개하자.

애양원 일기

몇 년 전 가을에 여수노회가 주최하는 여수지역 순교자 추모 기념예배에 초청 받아 설교를 한 적이 있다. 손양원 목사님과 다른 아홉 분의 순교자를 함께 추모하는 뜻 깊은 자리였다. 예배를 마치고 애양원의 손양원 목사 순교기념관에 들렀다. 여러 번 왔던 곳이지만 또 들르고 싶었다. 애양원 성산교회 담임 이광일 목사님이 반갑게 맞아 주셨다.

기념관에 진열되어 있는 유품 중에 특히 눈에 띄는 것은 손양원 목사님이 동인, 동신 두 아들 순교 후에 바쳤다는 헌금봉투였다. 그 봉투에는 1만원을 감사헌금으로 바친다는 손 목사님의 글씨가 쓰여 있었다. 그런데 당시 손 목사님의 사례비는 80원이었단다. 그러니 10년 치의 월급에 해당하는 금액을 감사헌금으로 바친 것이 아닌가.

나는 그 헌금봉투에서 눈을 뗄 수가 없었다. 손양원 목사님에게는 하나님을 향한 감사에 한계가 없어 보였다. 차마 이후에는 감사라는 단어를 입 밖에 내뱉을 수도 없을 것 같은 심정이었다. 손 목사님의 감사의 스케일에 비하면 나는 평생 감사다운 감사를 하나님께 표한 적이 없었다. 손 목사님의 대범한 감사의 용단 앞에서 나는 위선적이고 가식적인 내 신앙의 모습이 부끄러워 어디론가 숨어 버리고 싶었다.

감동을 뒤로하고 아래층으로 내려갔다. 그런데 책이 진열되어 있는 유리 진열대 한 군데가 비어 있었다. 이광일 목사님의 설명으로는 이 기념관에서 가장 중요한 책 한 권이 없어졌다는 것이다. 이곳을 방문했던 어떤 사람의 소행이라고 한다. 너무 아쉽다고 했다.

손 목사님의 순교의 피가 생생한 이 기념관에 들어와서 책을 훔쳐 간 사람은 누구일까? 혹시 오래된 신자나 교회 지도자급의 어떤 사람은 아닐까? 아니면 어떤 유명한 학자일까? 어떤 목적을 정당화시키고, 그 수단으로 책을 잠시 빌려간 것일까? 정당한 목적이 앞선나머지 그것을 도둑질이라고 생각하지 않았을까?

가슴이 떨렸다. 어찌 이런 일이 있을 수 있을까? 목적이 수단을 정당화시킬 때, 신앙이라는 이름으로 도둑질도 할 수 있단 말인가? 그런 생각을 하니 소름이 끼쳤다. 그리고 이미 이런 일들이 우리의 일상이 되어 있을지도 모른다는 생각에 한순간 절망을 느꼈다.

오병이어의 기적

인간이 살아가는데 있어서 꼭 필요한 것 세 가지가 있다. 그 첫째는 정신적 양식의 포만감이다. 사람은 영적인 존재이다. 사람은 밥만 먹고 사는 것이 아니라 정신적인 양식이 채워져야 비로소 인간답게 살 수 있다. 이것이 인간이 동물과 다른 점이다. 유익한 정신적 교훈 앞에 있으면, 사람들은 배고픈 줄도 모른 채 깊이 빠져들곤 한다.

두 번째는 질병으로부터의 회복이다. 병에 걸린 자는 낫고자 최선을 다한다. 혹 가망이 없더라도 사람들은 마지막 순간까지 병 고침을 위해 노력한다. 그래서 용하다는 의원, 특효약, 식이요법, 건강식품 등 가능한 모든 수단을 동원한다.

세 번째는 먹는 문제의 해결이다. 배고픔은 참을 수 없는 고통이 아닌가.

그런데 이 모든 것이 한꺼번에 해결된 사건이 있다. 신약성경에 나오는 오병이어 기적사건의 현장이다. 몰려든 군중들에게 주님은 우선 하늘의 메시지를 가득 채워 주고 계신다. 군중들은 말씀에 매료되어 배고픈 줄도 모른다. 그들이 느끼는 것은 정신적 양식의 포만감이다. 그리고 질병의 치유가 동반된다. 고침 받으러 주님께 나온 병자들의 간절한 열망이 응답되고 있다. 마지막으로 일용할 양식이 해결된다. 오로지 주님의 방법으로 떡 다섯 개와 물고기 두 마리가 오천 명의 양식이 된다.

이 기적의 현장에서 군중들은 영육 간에 포만감을 느낀다. 오병이어의 기적은 오늘날 교회가 무엇을 해야 하는지를 보여 주는 현장이다.

교회란 무엇인가? 교회는 오병이어의 기적이 일어나야 하는 공동체이다. 사람들은 교회에서 생명을 얻고 더 풍성해져야 한다. 오늘날 교회가 이와 같은 역할을 잘 감당한다면 얼마나 좋겠는가? 교회가 많다고 한다. 그러나 막상 어떤 사람이 좋은 교회를 추천해 달라고 하면 마땅히 추천할 교회가 없는 것이 현실이다. 오병이어의 기적이 일어나는 교회가 적다는 말이다.

하늘의 양식만이라도 제대로 채워진다면, 질병이나 배고픔도 감사로 전환되고 마침내 해결될 것이다. 온 교회가 오병이어 기적의 현장을 재현하여 다시 한 번 차고 넘치는 부흥의 불길이 타오르기를 간절해 소망한다.

來日과 所望의 회복을 기대하며

우리말 중에 '어제'와 '오늘'과 '내일'이 있다. 그런데 곰곰이 살펴보면 어제와 오늘은 우리말인데 반하여 내일(來日)은 한자어다. 來日에 해당하는 우리말이 없는 셈이다. 그런데 정말 우리의 현실에 내일이 없다는 생각이 든다. 도대체 무엇이 잘못된 것일까? '내일'이 없는 민족! 생각만 해도 소름이 끼친다.

정치판에 내일이 보이지 않는다. 누구를 대통령으로 뽑아도 결국 1년이 못 되어 후회하기 시작하는 역사가 언제까지 계속될 것인가? 경제 전망에도 내일이 불투명하다. 교육계는 더욱 엉망이다. 매년 입시 기준이 달라지는 한심한 나라에서 학생과 학부모 모두가 지옥 같은 시간을 보낸다. 교사와 학생 간의 신의가 무너지고 공교육에 대한 기대감이 땅에 떨어진지 오래다.

보수와 진보의 이념갈등은 점점 더 심화되고, 극악한 범죄는 날이 갈수록 그 도를 더해가고 있다. 우리의 내일(未來)은 어디에서 찾아야 하나?

마지막 기대를 걸어야 할 종교계에도 내일이 없다. 과거에는 내일이 보이지 않는다고 여겨질 때 종교 인구가 늘어났었다. 그러나 요즘은 혼란하고 어려운 시대임에도 종교 인구가 늘어나지 않는다. 왜 그럴까? 종교에도 내일이 보이지 않기 때문이다.

기독교의 중심 개념에 '믿음', '사랑', '소망' 이라는 단어가 있다. 그런데 믿음이나 사랑은 우리말인데 반하여 소망(所望)은 한자어다. 所望에 해당하는 우리말이 없다. 우리는 설상가상으로 '내일' (未來)과 더불어 '소망' (所望)도 없는 상태다.

기독교가 소망을 잃어버리면 이 민족의 앞날이 암담해진다. 모든 것이 지금보다 암울했던 100여년 전, 기독교는 민족의 '내일' 이며 '소망' 이었다.

지금 기독교는 재력도 있고 인력도 있고 아이디어도 있고 훌륭한 지도자도 많이 있다. 모든 힘을 결집하여 내일이 없는 사회에 내일의 꿈을 심어 주고, 소망을 상실한 백성에게 소망을 주어야 한다. 지금 한국기독교는 큰 숙제를 풀어야 할 때이다. 한국교회가 '소망' 을 되찾을 때, 이 민족의 '내일' 도 보장될 수 있다.

맛을 잃은 소금인가?

　우리나라는 바닷물을 가두어 소금을 만든다. 그러나 전 세계적으로 소금의 3분의 2는 육지에서 생산되는 암염(巖鹽)이다. 예수님 당시에 팔레스타인 지방에도 암염이 많았다. 지금도 성지순례를 가면 암염을 볼 수 있다. 말이 바위이지 보통 흙보다 약간 더 단단한 푸석푸석한 돌덩어리에 소금기가 있어서, 맛을 보면 약간 찝찝한 느낌이 든다. 이런 흙덩이에 섞인 소금은 짠 맛이 진하지 못하기에 아무런 쓸모가 없어서 다시 땅에 버리게 된다. 산상수훈의 예수님의 말씀 중 "소금이 맛을 잃으면 무엇에 쓰겠느냐. 땅에 버려져서 사람들의 발에 밟히게 된다."고 하신 것은 바로 이런 자연적인 상태의 암염을 두고 하신 말씀이다.

　암염에는 온갖 이물질이 많이 들어 있다. 그러기에 암염 속의 소금이 제 맛을 내려면 정제의 과정을 거쳐야 한다. 불에 들어가서 달구어지고 불순물이 걸러져야 염도가 높은 소금을 얻을 수 있다. 또 물로 씻어내어 깨끗해져야 순도가 높은 소금이 된다. 소금이 제

맛을 내려면 오랫동안의 저장기간을 가져야하는데, 저장의 방법과 기간과 장소에 따라서 미네랄의 종류가 달라진다. 그리고 마그네슘 등의 쓴맛을 내는 이물질의 제거 정도에 따라서도 소금맛에 차이가 생긴다.

우리는 너무도 값싼 은혜와 신앙을 바라면서 주님을 따라다니지 않는지 반성할 필요가 있다. "너희는 세상의 소금이다."라는 말씀은 세상을 위해 맛이 있는 소금이 되어야 한다는 것이다. 그 소금 맛으로 썩어서 냄새나는 세상을 치유하여야 한다는 것이다.

"너희는 소금이다."라는 말씀에 그냥 "아멘."만 하고 정제의 과정을 거부하면 맛을 낼 수가 없다. "나는 소금이다."라는 자기선언과 더불어 이제 물로 씻는 회개와 오랜 자기 성찰과 반성의 과정을 감내하면서 점점 더 세상 속에서 맛을 내는 소금이 되기를 소원해야 한다.

화학적으로 보면 소금은 염소 성분과 나트륨 성분이 만나 만들어진 염화나트륨($NaCl$)이다. 즉 소금이 맛을 내려면 연합이 이루어져야 한다. 정제의 과정 속에서 겸손과 순수함을 가지면 다른 사람과의 연합도 수월하게 된다. 그리고 이러한 연합과 일치 속에서 세상의 소금으로 맛을 내게 된다.

한국교회에 자칭 소금이라는 사람은 많다. 그러나 맛을 잃은 소금이 넘쳐나기에 '세상의 소금'으로서의 역할을 하지 못하는 것은 아닌지 반성할 일이다.

물 위로 걷는 기적

행복하기를 바란다는 것은 지금 마음속에 행복이 없다는 것을 말한다. 안정을 원한다는 것은 지금 마음속에 불안이 도사리고 있음을 반증하는 말이다. 그런대로 살만한데도 마음이 공허해지기도 하고, 이유를 모르는 불만족이 마음을 흔들어 놓는다. 때로는 너무 쉽게 절망해 버리고 열등감에 빠져들기도 한다.

사실 하나님과 나 사이만 생각하면 감사한 것 밖에 없다. 멸망 받을 죄인을 살려 주신 그 은혜부터 시작한다면 원망이나 미련이 있을 리 없다. 우리의 시선이 주님께만 고정되어 있다면 낙심할 일도 없고 근심할 거리도 없다.

성경에 보면 베드로가 비바람이 몰아치는 밤에 거센 파도를 타고 바다 한 가운데서 걷는 장면이 나온다. 상황으로 볼 때는 물에 빠져야 하고 절망해야 하는데, 베드로는 한 걸음 한 걸음 물 위로 걸어가고 있다. 그의 시선이 주님께 고정되어 있을 때는 물에 빠지지 않았다. 그러나 그의 시선이 주님을 놓치고 풍랑을 바라보는 순간 금새 물에 빠지고 허우적거리게 되었다.

베드로를 가까이 가서 보라. 그 얼굴이 바로 당신의 얼굴 아닌가? 오늘의 상황만 보면 절망해야 되고 실족해야 되고 낙심해야 되는데, 용케도 또 하루를 잘 견디면서 살아가는 당신의 모습이 신기하지 않은가? 눈의 초점이 주님께 맞추어져 있고 하나님만 바라보기 때문에, 풍랑이 거센 바다 같은 세상의 삶이지만 당신은 오늘도 물 위를 걷는 기적의 주인공이 되어 있다.

베드로가 바다에 뛰어든 것은 주님이 오라 하셔서 시작한 걸음이었다. 이것이 중요하다. 우리의 인생은 내 의지에 의하여 시작된 것이 아니다. 하나님이 나를 만드시고 무슨 목적이 계셔서 이 땅의 삶을 시작하게 하신 것이다. "오라!"는 부르심에 응답하면서 우리의 인생이 시작되었다는 것을 인정하는 것이 중요하다. 그리고 이러한 삶에 대한 소명의식은 믿음에서부터 나온다.

삶의 시작을 우연이라고 생각하는 사상이 진화론이다. 그러므로 진화론 안에는 베드로의 기적 같은 것이 없다. 하나님을 창조주로 믿고 생명을 주신 이유를 깨달을 때, 삶은 기적의 연속이고 고난 속에서도 찬송과 감사가 이어진다.

바다 같은 신앙

흐르는 물을 가만히 살펴보면, 물이 대단한 수용성을 가지고 있음을 알 수 있다. 물은 흐르다가 장애물을 만나면 충돌하지 않고 피해간다. 흐르는 물에게는 장애물과의 전쟁이 없다. 오른쪽으로 피하고 왼쪽으로 돌아 흘러간다. 그러나 물은 절대로 목적지를 바꾸는 법이 없다. 우회하여 흐르지만 반드시 낮은 곳이라는 목적을 향하여 간다.

다투지 않고도 하나님의 뜻을 이루는 길이 있다면, 우리는 좀 돌아가고 시간이 걸려도 마땅히 그 길을 선택해야 하지 않겠는가? 그것은 물처럼 내려갈 때 가능하다. 우리가 물처럼 조용히 흐를 수만 있다면 어떤 문제가 닥치더라도 모두 해결된다. 세상의 분쟁과 다툼의 길에서 벗어나 화평의 길을 선택하여 하나님의 뜻을 이룰 수가 있다.

흐르면서 내려가는 사람은 포용력 있는 인격자이다. 그런 사람은 주변 사람들에게 평안을 끼친다. 내려가는 물은 마침내 바다를 이룬다. 내려가고 낮아지는 것은 손해 보는 일이 아니다. 바다처럼 넓어지고 깊어지고 위대해지는 길이다.

넓고 깊은 바닷물에 돌멩이 하나를 던져 보라. 바다는 무덤덤하다. 별 반응을 보이지 않는다. 그러나 바닥이 얕고 폭이 좁은 개울물에 돌멩이를 던지면 반응이 요란하다. 바닥에 돌이라도 깔려 있으면 '쨍그랑' 하고 몇 번을 튀면서 요란한 소리를 낸다.

우리가 열심히 사는데 누가 돌을 던질 때가 있다. 그때 우리는 바닷물처럼 반응할 수도 있고 개울물처럼 반응할 수도 있다. 바닷물처럼 누가 뭐라고 시비를 걸어도 요동하지 않고 평안을 유지하는 사람이 신앙인이요 승리자이다.

예수님에게도 많은 돌이 던져졌다. 그러나 주님은 십자가의 모함 앞에서도 아무 반응 없이 침묵하셨으니 평안 그 자체이시다. 예수님이야말로 흐르는 물처럼 사신 분이시다. 장애물 같은 인간들과 전쟁하지 않고, 돌고 돌아서 목적지인 십자가까지 가신 분이시다. 우리 모두 그분을 따라가야 하지 않겠는가? 주님을 믿는다는 자들의 삶에 주님의 정신이 없는 것이 문제이다.

베드로의 고민

인간이 고민에 빠지는 이유에는 다음과 같은 것이 있다. 우선 무엇이 정의인지 알 수 없을 때 우리는 고민하게 된다. 정의냐 불의냐에 대한 완벽한 구분이 어려울 때가 있다. 이럴 때 사람들은 종종 자기합리화의 우산 속에서 불의를 정의로, 정의를 불의로 바꾸어 버리는 경우가 있다.

또한 정의가 불의에 짓밟힐 때 우리는 고민에 빠진다. 악한 자가 복을 누리고 선한 자가 억울한 일을 당할 때 우리는 하나님의 역사를 의심하게 된다. 캄보디아의 독재자 폴 포트는 200만 명의 선량한 양민을 이유 없이 학살했다. 총알을 아끼려고 호미와 곡괭이로 사람을 죽였다. 그런 그가 재판을 받은 적도, 감옥에 간 적도 없이 70세까지 부귀와 권세를 누리면서 살다가 죽었다. 하나님의 침묵을 질문해야 하는 참으로 고민스러운 역사가 아닐 수 없다.

그런가 하면 정의가 무엇인지 알면서도 행동으로 옮길 수 없을 때 우리는 고민에 빠진다. 옳은 일을 옳다고 말할 수 없고, 나서야 할 곳에서도 침묵해야 하는 상황을 맞을 때, 고민은 패배의식으로 변한다.

주님의 고난 앞에서 베드로의 고민도 깊어갔다. 그는 주님이 왜 십자가를 지셔야 하는지 도무지 알 수가 없었다. "하나님의 아들의 모습이 저런 것인가? 유다가 옳지 않았을까? 내가 저 사람의 제자가 된 것이 잘한 일인가?" 의심이 꼬리에 꼬리를 물고 이어졌다.

그는 무엇이 정의이고 무엇이 불의인지 모르는 혼돈 속에 빠져든다. 불의한 무리들의 득세를 보면서 정의 편에 서지 못한다. 베드로는 그런 자신의 처지를 비관하며 패배의식 속에서 고민한다.

고민하는 베드로의 상황은 그가 주님으로부터 너무 멀리 떨어져 있었기 때문에 발생하였다. 주님께 가까이 가야 정의와 불의가 명백해진다. 주님의 얼굴을 가까이 보아야 내가 할 일과 해서는 안될 일이 분명해 진다. 주님의 음성 속에서 모든 의심이 사라지고 확실한 믿음이 생긴다. 우리는 주님 곁에 더욱 가까이 다가가야 되겠다. 그분의 뜻을 알기 위하여!

사명감에 사는 사람

배를 타고 장기간 항해하려면 비바람과 높은 파도와 거센 역풍에 대비하려는 준비가 꼭 필요하다. 하지만 아무리 준비를 단단히 하더라도 죽음에 대한 공포를 느낄 만큼 무서운 상황이 올 수 있다. 사도바울이 죄수의 몸이 되어 로마로 압송될 때 만난 유라굴로 광풍이 그런 것이다. 그야말로 미친 듯이 덮쳐오는 풍랑이었으며 구원의 여망을 앗아가 버린 광란의 폭풍이었다.

그 안에는 백부장과 선장과 선주가 타고 있었다. 권력과 명예를 상징하는 백부장과, 경험과 지식을 상징하는 선장과, 재물의 상징인 선주가 한 배에 모두 있었지만, 그 누구도 이 광풍 앞에서는 속수무책이었다. 세상의 권력이나 명예나 경험이나 지식이나 재물은 큰 파도와 같은 인생의 문제에 아무런 해결책을 제시해 주지 못하는 법이다.

이때 배 한쪽 구석에서 구원의 소리가 들려왔다. "여러분, 안심하십시오. 죽지 않습니다." 그 희망의 외침은 죄수의 몸으로 배 안에 있었던 불쌍하고 초라한 사람, 바울의 입에서 나오고 있었다. 그는 지난밤 하나님의 사자가 나타나서 "바울아 안심하라. 네가 가이사 앞에 서야 하겠고, 또 하나님께서 너와 함께 항해하는 자들을 다 네게 주셨다."라고 한 말을 전했다. 그리고 그는 또 "나는 내게 말씀하신 그대로 되리라는 하나님을 믿습니다."라고 외쳤다. (행 27:24-25)

모든 것이 어려운 이 광풍의 시대에 희망의 소리를 외칠 수 있는 자는 오직 하나님을 믿는 사람들이다. "여러분, 안심하십시오. 죽지 않습니다. 나는 하나님을 믿습니다."라고 구원의 메시지를 전할 수 있는 사람은, 권력이나 명예나 경험이나 지식이나 재물을 가진 자들이 아니다. 오히려 그들이 죽겠다고 아우성을 칠 때, 오직 하나님으로부터 받은 사명을 깨달은 자들만이 바울처럼 이 시대를 향하여 위로와 희망을 외칠 수 있다.

오늘 내가 살아 있는 이유는 해야 할 사명이 남아 있기 때문이다. 이제 생각해 보자. 나는 하나님께로부터 무슨 사명을 받았나? "아무개야, 네가 무엇을 해야 하겠고…"라는 주님의 음성을 들었는가? 하나님을 위해 해야 할 사명이 있는 사람에게는 결코 절망이나 패배가 있을 수 없다. 인생의 광풍 속에서도 그의 입에서는 항상 긍정의 소리, 구원의 외침이 나온다. 신실하신 하나님이 말씀하신대로 이루실 것을 믿기 때문이다. 난파선과 같은 오늘 이 시대를 향하여 희망의 메시지를 전해 보자.

자살 전염병

　사람은 다음의 세 가지 경우에 웃는다. 사람은 기쁠 때 웃는다. 이때의 웃음은 폭소(爆笑)다. 사람은 사랑할 때 웃는다. 이때의 웃음은 미소(微笑)다. 그리고 사람은 허탈할 때도 웃는다. 그 웃음은 냉소(冷笑)다.

　현대인들에게 점차 폭소나 미소는 사라지고 있는 반면, 허탈감에 의한 냉소주의가 만연되고 있다. 김상용의 시 '남으로 창을 내겠소'의 마지막에 나오는 '왜 사냐건 웃지요.' 라는 말은 현대인들의 냉소를 잘 표현해 주는 대목 같아 씁쓸하다.

　인기 연예인들의 자살이 연일 신문의 주요기사 거리가 되고 있다. 통계청에 따르면, 우리나라에서 지난 1년 동안 자살한 사람 수가 모두 1만 5천여 명이나 된다. 이는 2000년의 6,500명에서 2.5배 가까이 증가한 것이다. 하루 평균 48명이 자살하는 셈이다. 자살자 수는 매년 증가하여 이제는 교통사고로 숨지는 사람 수의 1.5배에 이른다. 더욱 심각한 것은 20-30대의 자살률이 매우 높다는 것이다. '자살이 죄인가? 자살이 꼭 나쁜 것인가?'라는 질문이 현실화되는 상황까지 왔다. 지금 WHO(세계보건기구)와 국제자살예방협회는 매년 9월 10일을 '세계자살예방의 날'로 정하고 자살 방지 캠페인을 벌이고 있다.

사람이 왜 허탈해지는가? 첫째로 길이 보이지 않을 때 그렇다. 문제는 있는데 방법이 보이지 않을 때 사람들은 허탈감을 느끼며 죽고 싶어진다. 둘째로 진실을 믿었는데 배신을 당할 때이다. 거짓이 난무하는 세상에서 기대고 싶은 진리를 찾아 헤매다가 속고 지쳐 쓰러져간다. 셋째는 생명에의 존엄성을 상실할 때 그렇다.

자살테러, 자살사이트, 자살예찬 등의 끔찍한 단어들이 대수롭지 않게 우리 주변을 파고든다. 길이 보이지 않고 진리가 없고 생명에 대한 의미가 상실된 세상이다.

지금 우리에게 주님의 음성이 들리고 있다. "내가 곧 길이요 진리요 생명이니…." 세상의 자살을 줄이는 길은 주님 안에서 길을 찾고, 그 진리에 기대 살면서 생명에의 경외심을 가지는 것뿐이다. 이 복음을 전파하면서 생명을 존중하는 문화를 일구어야 할 교회의 사명이 참으로 크다.

부활을 믿는가?

독일의 나찌 시절에 아우슈비츠 수용소에는 18세의 소녀 안나가 수감되어 있었다. 안나는 매일 정성스럽게 세수를 하고 몸을 단장하면서 하루하루를 보냈다. 사람들이 그 이유를 물었을 때 소녀는 이렇게 대답하였다. "사랑하는 사람과 약속을 하였습니다. 반드시 살아서 만나기로요. 그날이 오늘이 될는지 누가 알아요. 난꼭 살아서 그 사람과 만나 결혼할 겁니다."

인간은 희망을 먹고 사는 존재이다. 그리스도의 부활은 희망을 주는 사건이다. 대 역전극이 펼쳐지면서 절망이 희망으로 바뀐 기적이었다. 죽음에서 생명을 얻는다는 영원한 희망이 부활 사건으로 확증되었다. 죽은 나뭇가지에서 새순이 돋아 꽃이 피고 열매 맺듯이, 암흑에서 광명으로, 죽음에서 부활로 이어지는 극적인 환희가 예수님의 부활 사건이다.

세상에서 제일 무서운 것은 무식한 사람이 막무가내로 우기는 것이다. 무식함을 모른 채 안다고 우기는 사람을 당해낼 재간이 없다. 개인적인 경험과 지식과 습관에 의존한 주장은 주위사람들을 힘들게 만든다. 이런 사람들의 특징은, 첫째로 남의 지식이나 경험에 대한 존경심이 없다. 둘째로 내가 제일 많이 안다며 교만하다. 셋째로 나의 관점은 전혀 색다르다는 주장을 한다. 넷째로 나야말로 진짜라고 목청을 높인다. 그리고 뒤돌아서서는 고독해하고, 또 고독을 감추기 위하여 더욱 기발한 주장을 하면서 결국 독선에 빠진다.

기독교를 비판하는 사람들 중에는, 다른 사람이 자신을 향하여 신앙이 없다고 하면 심하게 대드는 자들이 있다. 이들은 기존의 신앙을 송두리째 뒤집는 주장을 하면서 마치 새로운 복음의 경지를 깨우친 것처럼 행동을 한다. 한 가지만 물어보자. "예수님의 부활을 성경에 기록된 그대로 당신은 믿는가?" 이 기준에 의하여 양과 이리가 구별된다.

몇 년 전 모 학자가, TV매체를 통한 논어 강의 중, 성경에 나오는 예수님의 탄생 이야기를 했다. 그는 당시엔 호적령이 없었다면서, 마리아가 만삭이 된 몸으로 나사렛에서 베들레헴까지 가서 예수를 낳았다는 것은 코미디 같은 일이라며 성경을 우롱하였다. 그는 그 강의를 위하여 358권의 책을 참고하였다고 했다. 그러나 그가 주님의 부활을 믿는지 모르겠다. 얼마나 많은 책을 읽었는가는 그리 중요하지 않다. 부활은 지식의 영역 밖의 사건이기 때문이다. 부활에 대하여 무식한 사람이 우기면 대책이 없다.

나의 친구라

9년 동안 미국인 7,000명을 상대로 장수하는 사람과 단명하는 사람의 차이를 조사하고 그 원인을 분석한 어떤 보고서에 의하면, 술이나 담배, 사회적인 지위와 직업, 경제적인 혜택과 인간관계 등이 인간의 수명을 결정하는데 영향을 준다고 한다.

그런데 인간의 장수를 위한 가장 결정적인 변수는 놀랍게도 친구의 수와 질이라고 하였다. 얼마나 좋은 친구를 많이 가지고 사느냐에 따라서 인간의 수명이 비례한다는 것이다. 친구가 적을수록 병에 잘 걸리고 일찍 죽는 경우가 많았다. 그러나 삶의 경험을 나누며 희로애락을 공유할 친구가 많으면 스트레스가 해소되어 건강하게 오래 살 수 있었다. 오래 사는 사람은 주위의 사람들을 모두 친구로 만들 줄 아는 사람이다.

자신의 속마음을 털어놓고 마음대로 이야기 할 수 있는 친구가 얼마나 있을까? 좋은 소식을 같이 나누고 싶은 친구, 마음이 괴롭고 의지할 곳이 없을 때 만나고 싶은 친구가 몇 사람이나 있을까?

자신의 실수나 허물이 비쳐져도 전혀 개의치 않고 영원한 우정을 주고받을 수 있는 친구가 정말로 있을까?

이런 친구가 많을수록 수명이 길어지고 건강이 확보된다는 것이다. 그러기에 사람들은 결혼을 하고, 아이를 낳고, 권력을 잡으려 하고, 명예를 얻어서 인기를 끌어 보려고도 하고, 지식을 자랑하며 사람들에게 선망의 대상이 되어 보려고 한다. 이 모든 노력은 인간이 혼자가 되고 싶지 않으려는 몸부림이다. 그러나 이렇게 어떤 조건을 전제로 모여든 친구들이란 그 조건이 사라지면 등을 돌리고 떠나가는 허황된 무리들일 뿐이다. 그리고 기대와는 달리 때론 결혼을 하거나 명예를 얻거나 지식이 많은 것이 오히려 인간을 괴롭히는 요소가 되기도 한다.

사람이 예수를 믿어야 하는 이유가 여기에 있다. 예수님만이 우리의 진정한 친구이기 때문이다. 예수님은 목숨을 아끼지 않고 우리를 살리신 분이시다. 예수님께서 스스로 우리를 향하여 친구라고 말씀하셨다.

그 친구 되신 예수님을 의지하고, 그에게 죄를 용서받고, 그와 함께 삶의 질고를 나누면서 험한 세상을 살아가는 것이 신앙생활이다. 주님은 우리의 생명을 구하시려 십자가를 지시고 고난당하시고 채찍 맞으시고 죽으셨다가 부활하신 위대한 친구요 최고의 벗이다. 이 친구와 사귀고 한 몸이 될 때 장수가 아니라 영생이 보장되는 것은 너무나도 당연한 이치가 아닐까?

내가 누구냐?

　종교를 렐리지온(Religion)이라고 한다. 이 말의 어원은 라틴어 렐리가레(religare)인데 그 의미는 '거슬러 올라가 묶는다.' 라는 뜻이다. 신앙생활은 우리의 근원을 캐어 거슬러 올라가서 나를 하나님께 묶는 훈련이다. 다시 말하면 내가 하나님 안에 거하며 하나님이 내 안에 계시는 합일된 체험을 하는 것이요, 하나님과의 혈연관계를 확인하여 그를 아버지로 부르며 그의 자녀가 되는 것이다. 그리고 하나님으로부터의 사랑을 느끼고 진정으로 하나님을 사랑하는 생활이다. 그러므로 신앙에는 분명한 신앙고백이 요청된다. 하나님이 누구이고 내가 누구냐 하는 질문에 답해야 한다.

　하나님은 사람을 만드신 후에 그에게 이름을 주시고 그 이름을 부르셨다. 그리고 자신의 이름도 제시하셨다. 즉 "아담아! 하와야!" 부르시고 "나는 여호와라."고 말씀하신다. 왜냐하면 하나님은 우리를 사랑하셨기 때문이다. 통성명(通姓名)은 쌍방이 가까워진 증거이고 사랑의 징표이다. 부부가 사랑하여 결혼했는데 상대

148

방의 이름을 모른다면 진실한 사랑이 아닌 것이다. 목회할 때 보면 가끔 교인으로부터 상담 전화가 걸려온다. 그러나 이름을 대지 않는 경우가 있다. "누구시죠?"라고 물었을 때, "이름은 모르셔도 돼요. 꼭 밝혀야 합니까?"라고 하면 신뢰감이 생기지 않는다.

신앙은 "내가 누구인가?"라는 근원적인 질문에 충실하며 사는 것이다. 우리는 태어날 때부터 감투를 쓰고 나지 않았고 재물을 들고 나오지 않았다. 우리는 죽을 수밖에 없는 죄인이었고, 십자가의 용서가 아니면 모두 멸망 받을 수밖에 없는 자들이었다.

오늘 우리의 마음에 쌓인 욕심과 권모술수와 시기와 질투와 편 가르기와 높은 자리를 위한 한심한 다툼의 원인은 무엇인가? 교만으로 목이 곧고 위선으로 거짓된 행동을 서슴지 않는 우리의 모습은 무엇을 상실한 것인가? 이 모든 병리현상은 스스로가 누구인가를 질문하지 않았기 때문에 생긴 것이다.

세례 요한은 주님보다 더 인기를 누리고 있을 때, "나는 메시아가 아니다. 나는 그의 신들매 풀기도 감당치 못하노라."고 하며 자신의 한계를 분명히 하여 메시아의 길을 열었다. 우리 모두 다시 십자가 앞에 무릎 꿇고 "내 모습 이대로 주 받으옵소서!"라는 고백의 찬송을 불러 보자. 부질없는 명예욕, 출세욕을 다 내려놓고 하나님과 동행하며 하나님 안에 거하는 행복을 마음껏 누려봄이 어떠한가?

문제가 복잡해졌을 때

　문제가 복잡해졌을 때는 어떻게 해야 할까? 어떤 결정을 내려야 할지 판단이 잘 서지 않을 때는 어떻게 해야 할까? 우리는 생명을 살리는 일인가, 죽이는 일인가를 생각하여 살리는 편에 언제나 서야 한다. 기독교의 신앙은 생명 신앙이고 삶의 신앙이다. 신앙심은 내 생명을 소중하게 여기고, 동시에 다른 사람의 생명도 소중하게 여기는 마음이다.

　오래 전에 전북 부안 앞바다에서 여객선이 침몰하여 수백 명의 사람이 죽는 사고가 있었다. 그때 한 남자가 널빤지 하나를 붙잡은 채 구호를 기다리고 있었다. 그는 빠져나오느라 만신창이가 되어 있었다. 그런데 먼발치에서 어떤 여자가 허우적거리고 있는 것이었다. 자신의 몸 상태로는 그 여인을 구해줄 수가 없었다. 그러나 누군가가 도와주지 않으면 그 여인은 죽을 것 같았다. 한참을 망설이다가 용기를 내어 죽어 가는 여인을 살려내고 보니 바로 아내였다. 이는 그때 살아났던 사람들 중 한 사람에게서 내가 직접 들은 이야기다.

또 이스라엘을 여행하다 들은 이야기가 생각난다. 극 보수주의 유태인들이 사는 마을에는 안식일에 버스가 다니지 않는다. 어느 날 관광버스 한 대가 멋모르고 그 마을에 들어섰다가 마을 사람들이 던진 돌에 유리창이 모두 박살났다. 거룩한 안식일에 차를 운행했다고 돌팔매질을 한 것이다. 그때 관광객 중 한 사람이 이들을 향하여 소리를 질렀다. "당신들이 돌멩이를 들어 치는 행위 역시 안식일의 법을 범하는 노동이 아니오?"

성경에 보면 예수님도 안식일의 법에 대하여 바리새인들과 충돌하신다. 예수님이 안식일에도 생명을 살리는 일에 조금도 주저하지 않으셨기 때문이다. 신앙이란 생명을 살리는데 있어서 용기를 내는 일이며 사랑을 찾아가는 일이다. 사랑은 율법의 근본정신이다. 교회는 예수님을 머리로 하는 공동체이다. 주님의 생각과 사상과 윤리가 지배하는 공간이 바로 교회인 것이다. 생명을 살리는 일이라면, 교회는 자기부정의 상태까지도 받아들여야 한다.

솔로몬의 칼날 아래 놓여 있던 어린 아기의 참 어머니는 누구인가? 위기의 민족과 교회를 살리기 위하여 자신의 기득권을 포기할 참 어머니는 없는가? 이대로 찢어지고 갈라지고 죽어가도록 한 치의 양보도 하지 않는 가짜 어머니의 역할에 대한 죄책감은 없는가? 이 민족과 교회는 진짜 어머니의 출현을 갈망하고 있다.

사랑의 묘약

인간이 고통을 당하는 원인이 몇 가지 있다. 첫째는 질병 때문이다. 오랜 투병생활을 하는 환자에게는 시간이 가지 않는다. 그래서 병석에 오래 누워있는 사람들은 눈을 뜨면 오늘 하루를 어떻게 보낼까 하는 걱정부터 한다. 고통과 함께 해야하는 지루한 시간은 병을 더욱 깊게 한다.

둘째는 경쟁 심리 때문이다. 경쟁에서 밀렸다는 생각이 들면 열등감이 생기고, 열등감은 고통으로 다가온다.

셋째는 죄의식 때문이다. 모든 인간에게는 숨겨 놓은 과거가 있고 말 못할 사정이 있다. 죄의식은 우리에게 고통의 문제로 다가온다.

넷째는 고독 때문이다. 사람은 많지만 나를 알아주는 사람이 없고, 내 속사정을 털어놓을만한 사람이 없다는 고독 속에서 인간은 고통을 당한다.

인간이 삶의 고통으로부터 자유하려면 하나님의 사랑을 믿어야 한다. 하나님의 사랑을 느끼고 있다면, 질병도 열등감도 죄의식도 고독도 문제가 되지 않는다. 사랑이 기적을 낳기 때문이다.

시편 77편을 보면 시편기자가 고통 가운데서 이렇게 말한다. "주께서 영원히 버리실까, 다시는 은혜를 베풀지 아니하실까, 그의 인자하심은 영원히 끝났는가, 그의 약속하심도 영구히 폐하였는가, 하나님이 그가 베푸실 은혜를 잊으셨는가, 노하심으로 그가 베푸실 긍휼을 그치셨는가 하였나이다. 또 내가 말하기를 이는 나의 잘못이라. 지존자의 오른손의 해, 곧 여호와의 일들을 기억하며, 주께서 옛적에 행하신 기이한 일을 기억하리이다. 또 주의 모든 일을 작은 소리로 읊조리며 주의 행사를 낮은 소리로 되뇌이리이다."

하나님의 사랑을 느끼려면 어떻게 해야 할까? 살아오는 동안 하나님이 어떻게 인도하셨고 어떤 은혜를 베푸셨는지를 생각해 보아야 한다. 죽을 수밖에 없는 죄인도 살려 주시고, 배은망덕한 베드로와 같은 자도 용서해 주신 그 사랑의 역사를 기억해야 한다.

내가 잘나서 살아온 것이 아니라 하나님께서 살려 두셨기에 살고 있음을 깨달아야 한다. 만일 오늘이 고통스럽다면, 하나님께서 인도하셨던 과거의 역사를 조용히 묵상해 보자.

커뮤니케이션

　현대인이 빈번하게 사용하는 단어 중에 커뮤니케이션(Communi-cation)이라는 말이 있다. 커뮤니케이션은 단순한 정보제공을 의미하기도 하지만, 내가 가진 정보와 의도를 알려서 다른 사람을 설득한다는 의미도 있다. 가령 어떤 총각이 자기가 연애하는 아가씨 생일에 꽃을 보냈을 때의 커뮤니케이션의 의미는 두 가지이다. 하나는 '내가 네 생일을 기억 한다.' 라는 단순한 정보의 알림이다. 또하나는 '내가 너를 사랑하고 있으니 나의 사랑을 받아 달라.' 는 의미이다.

　커뮤니케이션의 대상이 개인이 아닌 집단일 때 이를 매스커뮤니케이션, 즉 매스컴이라고 한다. 신문이나 잡지, 방송, TV 등 매스컴에서의 프로그램이나 광고의 목적은, 정보를 알릴뿐만 아니라 그것을 보는 이들을 설득하여 소기의 목적을 달성하려는 데 있다. 가령 금연에 대한 프로그램을 보면서 담배를 끊는 사람은 그 정보에 설득 당한 것이다. 그러나 흡연의 해악을 아무리 설명해도 아랑

곳하지 않고 사람들이 담배를 즐긴다면 그 프로그램이나 광고는 실패한 것이다.

그렇다면 어떤 정보에 대하여 믿거나 믿지 못하는 차이는 어디서 오는가? 첫째로, 전달된 내용에 대한 정보수용능력의 문제이다. 가령 질병이나 죽음을 심각하게 생각하지 않는 청소년들은 흡연으로 인한 건강상의 손해에 대한 느낌이 별로 없기에 그들에겐 흡연광고가 먹혀들지 않는다.

둘째로, 누가 전달한 정보인가가 문제이다. 가령 고 이주일 씨의 금연광고를 보면서 그를 평소에 사랑했던 사람들은 금연할 마음을 갖게 되지만, 우습게 여기거나 미워했던 사람들은 그의 권고마저 비웃게 된다.

한국교회는 복음을 전하기 위해 홍보와 전도를 열심히 하고 있다. 복음전파를 위한다는 매스컴도 있다. 그러나 커뮤니케이션에도 신뢰와 인격이 필요하다. 불신자들의 정보수용능력 밖의 사건인 십자가와 부활의 복음을 전하기 위해서는, 그 전달자인 신자들의 인격이 신뢰받을 수 있어야 한다. 이 신뢰감이 전도에 얼마나 중요한가를 생각해야 한국교회가 부흥의 새로운 전기를 맞이할 수 있다.

행복의 조건

플라톤은 행복의 조건을 다음 네 가지로 말했다고 한다. 첫째로 짐승이 아닌 인간으로 태어난 것이다. 둘째로 여자가 아닌 남자로 태어난 것이다. 셋째로 이방인이 아닌 희랍인으로 태어난 것이다. 넷째로 스승인 소크라테스의 시대에 태어난 것이다.

그의 이러한 행복론은 다분히 자기중심적이다. 인간이고 남자고 희랍인이고 소크라테스를 볼 수 있는 것이 행복이라는 말은 너무 이기적이다. 그렇다면 여자나 이방인이나 소크라테스를 못 본 사람들은 행복할 권리가 없다는 말인가? 하지만 플라톤 이전이나 이후의 사람들 중에는 그 보다 더 행복했던 사람들이 부지기수이다. 또한 동시대의 사람들 중에서 비록 여자나 이방인이었지만 행복한 생활을 한 사람은 얼마든지 많이 있다.

또한 플라톤의 행복론은 현세적인 행복에 머무르고 있다. 그에게 내세는 안중에도 없고 거기에 대한 지식도 없다. 그의 행복론은 오로지 현세의 작은 조건에 근거하고 있다. 그러나 인간은 이 세상에서 너무도 짧은 시간을 보내고 죽음을 맞이하기에, 그가 생각하는 행복은 그리 오래 지속될 수가 없고 죽음과 더불어 허무하게 끝이 나는 것이다. 영생을 모르고 이 세상의 삶에만 집착한다면 결코 진정한 행복의 맛을 알 수 없다.

그 다음, 플라톤의 행복론은 제한적인 속성을 가지고 있다. 그야말로 행복의 조건이 갖추어질 때만이 주어지는 행복을 말하고 있다. 불행이나 고난이나 역경을 행복의 범주에 포함시키지 않고 있다. 그러나 인간에게 행복한 날은 그리 많지 않다. 매미가 성충이 되어 날개를 달고 사는 날이 그리 길지 않듯이 인간이 누리는 대부분의 시간들은 역경과 시련의 연속이다. 인간은 오히려 이 시련과 역경의 의미를 깨달을 때 행복할 수 있다.

그러기에 사도바울의 행복은 달랐다. 그는 사람들이 행복이라고 생각했던 세상적인 조건들을 모두 배설물처럼 버렸다. 그는 환란과 역경과 눈물과 가시의 문제 속에서 오히려 감사했고 행복을 누렸다. 그에게는 다가 올 내세에 대한 확실한 믿음이 있었기 때문이다. 그는 감옥에 갇힌 채 죽음을 앞에 두고서도 "기뻐하라. 내가 다시 말하노니 기뻐하라."고 담대하게 외칠 수 있었다. 참된 행복은 세상의 그 어떤 조건에 있는 것이 아니라, 하나님 안에서 천국의 소망을 소유하는데 있다.

행복하십니까?

"당신은 행복하십니까?"라는 질문을 갑작스럽게 받으면 당황하게 된다. 객관적인 기준으로 행복의 조건을 어느 정도 갖춘 사람은 그 질문에 "예, 나는 행복합니다."라고 우선 대답을 할 수 있다. 그러나 "당신은 정말 행복합니까?", "행복이 뭡니까?"라고 계속 질문을 받으면 점점 대답이 흐려지게 된다.

남에게 행복한 척 보이려는 위선이 우리에게 있다. 또는 세상의 물질이나 명예나 지식을 소유한 것이 행복이라는 착각을 할 때도 있다. 어떤 사람들은 다른 사람을 깎아 내리면서 상대적 우월감 속에서 행복을 느껴 보려고도 한다. 그러나 이렇게 포장된 행복 속에는 고독만이 있을 따름이다.

위선이나 착각이나 비교 의식 속에는 참 행복이 있을 수 없다. 진정한 행복은 자신에 대한 자부심에서 나온다. 돈이 있건 없건, 배웠건 못 배웠건, 남이 알아주던 안 알아주던 상관이 없다. 남이 알아주는 행복과 자신이 스스로 느끼는 행복은 다르다. 우리는 다른 사람의 눈을 너무 의식하면서 살고 있지는 않은가? 행복의 기준을 다른 사람의 시선에 맞추려는 어리석음을 범하고 있지는 않나? 가난하더라도 내가 만족하면서 살면 되는 것이다. 세상 사람들이 나를 측은하게 보면 어쩌나 하고 근심하지 말자. 하나님 앞에서 자부심이 있다면 그것이 바로 행복이다.

내가 불행한데 다른 사람이 나를 행복하다고 인정해 준들 무슨 유익이 있겠는가? 위선과 허영과 거짓으로 가득 찬 이 세상살이에서 잠시 하던 일을 멈추고 자신을 되돌아보자. 그리고 조용한 가운데 말씀하시는 주님의 음성을 들어 보자.

"공중의 새를 보라. 심지도 않고 거두지도 않고 창고에 모아들이지도 아니하되 너희 천부께서 기르시나니 너희는 이것들보다 귀하지 아니하냐?" (마 6:26)

주님께서 "저 부자들을 보라, 저 권력자들을 보라." 하지 아니하시고 "공중의 새를 보라." 하신 뜻이 무엇이겠는가? 행복은 소유를 비교하는데 있지 아니하고 존재를 확인하는데 있다. 하늘 아버지가 계시고, 우리가 그의 자녀인 것을 확인할 때, 우리의 삶은 행복 그 자체인 것이다.

다시 한 번 되뇌어 보자. "너희는 이것들보다 귀하지 아니하냐?"

오감(五感)의 신앙을 넘어서

인간의 감각에는 다섯 가지가 있다. 시각(視覺), 청각(聽覺), 촉각(觸覺), 후각(嗅覺), 미각(味覺)이 그것이다. 이러한 인간의 감각은 따로 독립되어 있지만 상호 연결되어 작용하기도 한다. 즉 여러 가지의 감각이 작용하여 하나의 느낌을 만들어 낸다. 이것을 공감각(共感覺)이라고 한다. 예를 들면 여자들은 버스를 타고 갈 때 어떤 남자가 자기를 쳐다보고 있음을 보지 않고도 느낄 수 있는 감각이 발달되어 있다.

러시아의 생물물리학자인 라자레프(Pyotr Petrovich Lazarev)는 낡은 전구를 보다가 갑자기 벽으로 시선을 옮겼을 때, 소리에 따라 잔상(殘像)이 달라지는 현상을 다음과 같이 연구 발표하였다. 진동수 200Hz(헤르츠)의 낮은 소리를 들으면서 전구를 보던 사람이 갑자기 벽을 쳐다보면, 벽에 비치는 색깔이 어둡고 따뜻하고 부드럽게 보인다는 것이다. 그리고 진동수 550Hz의 높은 소리를 들으며 전구를 보다가 벽을 보면 그 색이 밝고 차갑고 뚜렷하게 보이고,

진동수가 1100Hz로 아주 높은 소리를 들으며 전구를 보다가 벽을 보면, 이제는 전구의 잔상 모양까지 변하여 둥근 것이 네모난 것처럼 보여지기도 한다는 것이다.

인간은 오감 중 상당부분을 시각에 의존하며 살아간다. 그러기에 '백문이 불여일견'이라고들 한다. 백 번 들어도 한 번 보는 것만 같지 못하다는 뜻이다. 우리는 무엇이든지 눈으로 확인해야 믿는 좋지 못한 습관이 있다. 그러나 세상에는 볼 수는 없으나 존재하는 것들이 너무도 많다. 게다가 우리의 시각은 완전한 것이 아니라는데 문제가 있다. 그래서 잘못보기 일쑤다. 전(前)이해가 작용하면 우리의 시각은 보지 않은 것만도 못한 엉뚱한 방향으로 오류를 범할 수도 있다.

예수님은 보고 믿는 자보다 보지 않고 믿는 자가 복되다고 하신다. 신앙이 너무 시각적인 것에 의존하다 보면 잘못될 확률이 많기 때문이다. 무엇을 눈으로 확인하고야 믿는 신앙은 저급한 수준이다. 이는 변화되기 전의 도마와 같은 의심의 신앙이다. 믿음은 보이고 들리고 느껴지기 이전의 하나님에 대한 신뢰이다. 하나님은 초월자이시기 때문이다.

참된 사랑의 낭비성

어떤 사람이 일 때문에 점심 식사 때를 놓치고 있다가, 오후 3시쯤 되어서야 급히 근처의 식당을 찾았더니 중국음식점 간판이 그렇게도 반갑더란다. 들어가서 짜장면을 곱빼기로 시켜먹었다. 먹을 때는 몰랐는데 다 먹고 조금 있으니 과식을 했다는 느낌이 들었다. 식당을 나와 길을 가는데, 이제는 다른 중국집 간판이 쳐다보기도 싫더라는 것이다.

이와 같이 상황에 따라 사물의 가치가 다르게 여겨질 수 있다. 또 나이에 따라서도 사물과 사건을 바라보는 가치기준이 달라진다. 어린아이에게는 엄마가 최고지만, 사춘기에는 친구가 제일 좋고, 20대에는 이성에 끌려 정신이 없다. 30대에는 직장이요, 40대에는 출세요, 50대에는 명예요, 60대 이상은 건강이 삶의 최우선적 가치가 된다.

남자와 여자의 세상을 보는 가치 기준도 다르다. 여자는 한 사건과 인물에 몰입하여 물불을 가리지 않는 희생을 하지만, 남자는 몰입보다는 이것저것 주변 상황을 살피고 따지면서 사건과 인물에 접근한다. 예를 들어 남편이 물에 빠지면 아내는 즉시 뛰어들지만, 아내가 물에 빠지면 남편은 잠시 망설이다가 뛰어든다는 말이 있다.

교회에서 건축헌금을 할 때 보면 여신도들이 금반지나 목걸이 같은 것을 가져와 아낌없이 바친다. 어느 교회에서 건축을 하는데 어머니가 아들과 상의 없이 건축헌금 천만 원을 약정하였다. 아들이 원망할 수 없어서 혼자 그 돈을 어머니 대신 모으느라고 오래 고생을 했다고 한다.

마리아가 향유 옥합을 깨뜨릴 때, 남자인 가룟 유다나 다른 제자들은 그것이 아깝다고 생각한다. 주님에 대한 마리아의 사랑을 이해할 수 없으니 당연하다. 나도 대학생 때인 70년대 중반, 어떤 장로님이 오랜만에 외국에서 조카가 왔다고 당시로서는 엄청난 거액인 10만원을 선뜻 주는 것을 보고 가룟 유다의 심정을 가진 적이 있었다. 지금 생각해 보니, 너무 반갑고 기쁜 나머지 마리아의 심정으로 베풀었던 그분의 행동이 이해가 된다.

진정한 사랑은 따지지 않고 쏟아 붓는 헌신을 동반한다. 사랑을 위하여 가진 것을 한 번도 낭비해본 적이 없으면서, 참된 사랑의 낭비성을 비판만 하는 것은 부끄러운 일이다.

닭에게 배운다

유럽으로 성지순례를 가면 이상한 것이 눈에 띤다. 교회당 꼭대기에 기독교를 상징하는 심벌(Symbol)인 십자가 대신 닭의 조형물이 서 있는 것이다. 베드로가 새벽에 닭소리를 듣고 회개하였다 하여, 그리고 닭이 울면 어둠과 죄가 물러가고 아침과 새 삶이 시작된다는 의미로, 닭을 상징물로 세웠다는 설이 있다.

닭에겐 배울 게 많다. 우선 닭은 부지런하다. 자명종이 없던 시절 새벽닭의 울음소리는 모두를 깨우는 시계 역할을 했다. 주님을 위하여 좀 더 규칙적이고 부지런해져야 하겠다. 닭은 또 먹이를 일정한 시간에 맞춰 먹는 것이 아니라, 계속하여 조금씩 자주 먹는 습관이 있다. 우리도 영혼의 양식인 하나님의 말씀을 틈틈이 묵상하는 생활이 이어지면 좋겠다. 닭은 또한 잡식성이다. 우리도 말씀을 받을 때 편식하지 말고 위로의 말씀도 받고 채찍의 말씀도 받으며, 축복의 말씀도 받고 고난의 말씀도 받아야 할 것이다.

닭은 계속 움직이는 동물이다. 우리도 주님을 위하여 생산적인 활동을 계속하는 부지런한 사람들이 되었으면 좋겠다. 닭이 알을 낳아 품으면 하나의 생명체가 되고, 식탁에 오르면 양식이 된다. 부지런히 전도하여 한 영혼을 구원하고, 배고픈 자를 위한 구제의 움직임으로 부산해지는 생활이 되면 얼마나 좋을까?

옛날 우리의 선비들은 닭의 오덕(五德)을 말하면서 닭에게도 배울 것이 있다고 했다. 닭의 오덕(五德)은 다음과 같다. "머리에 관을 쓴 것은 문(文)이요, 발에 갈퀴를 가진 것은 무(武)요, 적에 맞서서 싸우는 것은 용(勇)이요, 먹을 것을 보고 서로 부르는 것은 인(仁)이요, 밤을 지켜 때를 잃지 않고 알림은 신(信)이다."라는 것이다. 우리도 주님을 위하여 신앙의 오덕으로 무장하는 삶이 되기를 기도해야 하겠다.

닭소리는 좋은 일과 희망의 시간을 예고한다. 닭처럼 화해와 사랑과 용서와 관용과 자비와 희망과 믿음과 일치와 상생의 목소리가 우리에게서 나왔으면 좋겠다. 이러한 언어를 통하여 사회가 밝아지고, 교회가 본래의 모습을 되찾아 사랑의 종교로서의 품위를 갖추게 되었으면 좋겠다. 우리나라의 고질병인 흩어진 국론이 하나가 되고, 남북이 하나의 목소리를 내어 평화 통일이 앞당겨졌으면 좋겠다.

무엇을 구하느냐?

    수수께끼 하나 내 볼까? 이 세상에서 제일 할 일 없고 심심한 사람은 누구인가? 그 사람은 영국 여왕의 남편이다. 부인을 사랑하긴 하나 해 줄 것이 아무 것도 없다. 여왕이 좋은 것을 다 가지고 있으니 아내를 만족시킬 만한 선물이 무엇이랴. 그의 자리는 여왕보다 더 왕성하게 일할 수도 없고 더 각광을 받을 수도 없는 위치이다. 여왕의 한 발 뒤에서 그림자가 되어 주는 것이 그가 할 수 있는 최선의 일이다.

    그러나 여왕에게는 언제나 그가 필요하다. 그는 여왕에게 없어서는 안 될 존재이면서도, 옆에 있어주는 것 이상의 존재가 되어서도 안 되는 기이한 운명이다. 그냥 있어준다는 것이 전부인 그의 자리, 그 자리가 또한 주님 곁에 있는 우리의 자리이기도 하다.

    예수님을 믿는다는 것은 바로 그의 제자로 살아감을 의미한다. 주님을 사랑한다며 따라가는 우리에게 주님이 "무엇을 구하느냐?"라고 물으신다면 우리는 어떻게 대답해야 할까? "주님, 아무

것도 바라지 않습니다. 그냥 주님 곁에 있는 것으로 만족합니다."
라는 대답을 진정으로 할 수 있을까? 처음 주님의 사랑을 받고 은
혜를 체험했을 때 우리는 정말 주님 한 분만으로 만족했는데, 어느
덧 욕심이 많아지면서 주님이 멀어지고 말았다. 나와 주님 사이에
세상의 물욕, 명예욕, 지배욕 등의 잡다한 것들이 놓이게 되었다.

60세 이상의 소원은 건강이요 50대는 명예요 40대는 출세와 돈
이요 30대는 가정과 직업이고 20대는 이성이요 10대는 친구이다.
그러나 어린아이의 소원은 오직 부모와 함께 있는 것이다. 어린아
이 같아야 천국에 들어갈 수 있다는 주님의 말씀이 진리이다. 우리
의 소원은 오직 주님과 함께 있는 것이어야 한다. 출세와 명예와
재물도 좋지만, 주님 싫어하는 짓을 해가며 쟁취할만한 것은 없다.
건강, 가정, 직업, 친구 다 좋지만 주님보다 귀하지는 않다. 주님
곁에 있음을 방해하는 편법, 권모술수, 답함, 부정, 거짓됨의 어떤
것에도 마음을 주지 않고, 오로지 주님 뒤에 가까이 서 있기만 해
도 행복한 우리가 되어야 하지 않을까?

"주의 궁정에서 한 날이 다른 곳에서 천 날보다 나은즉 악인의
장막에 거함보다 내 하나님의 성전 문지기로 있는 것이 좋사오
니…."(시 84:10) 그 옛날 주님 계신 성전을 사모하던 한 신앙인의
마음으로 돌아감이 어떠한가?

바로 그 평안을 원합니다

인간에게 속하지도 않고 인간이 쓸 수도 없는 말이 세 가지가 있다. 그 첫째는 '영원' 이라는 말이다. 인간은 애초부터 영원한 존재가 아니다. 존재 자체가 영원하지 못할뿐더러 인간에게는 영원한 즐거움이나 행복도 없고, 영원한 평안이나 안식도 없다. 세상만사에는 시작이 있으면 끝이 있고, 날 때가 있으면 죽을 때가 있다. 행복할 때 이 행복이 영원히 지속되었으면 하는 바람이 있지만, 인간은 행복할 때 불행을 대비해야 하며 즐거움의 끝에 괴로움의 시작을 예감해야 한다.

둘째는 '진실' 이라는 말이다. 진실이 통하지 않는 세상, 거짓과 진실을 구분하기도 어려운 인간관계속에서 사람들은 고독으로 지쳐가고 있다. 말은 많으나 서로간의 마음을 닫고 있으니 진실한 대화를 찾아보기 힘들다. 진실이 없기에 세상의 평화는 오래가지 못한다. 평화는 풍요를 낳지만 풍요는 오만을 낳고, 오만은 전쟁을, 전쟁은 약탈을, 약탈은 빈곤을 낳는다. 그리고 빈곤은 인내를 낳고 인내는 다시 평화를 낳는다. 하지만 인간에게 진실성이 없기에 평화는 지속되지 못하고 전쟁을 불러오며, 전쟁이라는 홍역 후에 다시 평화를 갈망하게 된다. 이러한 악순환의 고리 속에서 사람들이 살아가고 있다.

셋째는 '사랑'이라는 말이다. 인간의 사랑은 모두 이기적인 동기에서 나온다. 남의 불행을 내 행복의 발판으로 삼으려는 못된 심성이 인간의 저변에 있다. 상대방의 존재를 독점하고 자유를 제한하고 희생을 강요하여 자기만족을 누리려는 폭군적인 사랑이 존재한다. 흔히 인생을 사각의 링에 비유한다. 내가 살기 위해서 남을 무너뜨려야 하는 약육강식, 적자생존의 세상에서 인간은 진정한 사랑에 목말라 한다. 슈바이처는 동물과 대자연의 그림 같은 평화 속에서 인간만이 초라하고 가련한 모습으로 살아가는 존재라고 말한 적이 있다.

그러므로 우리가 사는 세상은 아무리 미화해도 괴로운 세상이다. 근심과 염려와 불행, 눈물, 시기, 질투, 전쟁, 궁핍의 세상이다. 오늘을 사는 인간이 가장 듣고 싶고 누리고 싶은 것은 영원하고 진실한 사랑에서 출발한 평안이다. 평안하되 영원히 평안하고, 진실과 함께 평안하고, 사랑이 기초가 된 평안을 바라고 있다.

주님께서는 우리에게 "세상이 알지 못하는 평안, 세상의 것과 같지 않은 평안"을 주신다고 하신다. "나의 평안을 너희에게 주노라!"는 선언은 참으로 놀라운 것이다. 주님의 평안이야말로 세상의 것과는 다른 참 평안이다.

이 세대를 어찌할꼬!

　이 세상에는 진실이 없다. 사람들이 서로 바라보며 웃지만 진실한 인간관계는 찾아볼 수 없다. 누구의 말을 액면 그대로 믿고 살수가 없는 세상이다. 들려오는 말과 상대방의 의도를 재고 따져 봐야 손해 보지 않고 살 수 있다. 심지어 부모가 자식의 말을 믿기 어려울 때가 있다. 자식의 효도 뒤에 숨은 의도를 파악하지 않으면 평생 모은 전 재산을 잃어버리는 수도 있다.

　또 이 세상에는 순수함이 없다. 어린아이 같은 동심의 세계는 먼 추억 속에 묻혀 버렸다. 아니 요즘은 어린아이들도 순수하지 못하다. 어떤 아이가 아빠와 같이 길을 가다가 비온 뒤의 하늘에 떠 있는 무지개를 보고 "아빠, 저건 무슨 선전이야?" 라고 물었다는 것이다. 물질문명에 오염되어 자연의 현상을 바라보는 순수한 눈을 잃어버린 것이다. 순수한 마음으로 상대방을 도와주려 해도 불손한 의도가 아닌가 하는 의심을 받는 시대가 되었다. 욕심과 경쟁심으로 혼탁해진 마음을 훌훌 털고 돌아갈 순수의 고향이 없는 것이 오늘날 인간의 비극이다.

또한 이 세상에는 신령한 것이 없다. 육적인 것이 영적인 것을 몰아내고 세상의 주인 행세를 하고 있다. 향락과 범죄와 술과 도박과 마약과 섹스와 동성애 같은 것들의 기세가 점점 드세지면서 신령한 세계를 위협하고 있다. 오만해진 예술이 아름다운 윤리를 조롱하며 비난하고 있다. 사악한 무리들이 표현의 자유라는 가면을 쓰고 인간의 존엄성을 짓밟고 있다. 언론과 방송은 돈벌이와 시청률에 매달려 말초신경을 자극하는 드라마와 뉴스에 대해 반성하지 않는다.

세상이 점점 더 어둠의 세력으로 뒤덮이고 침몰해가고 있음을 감지하면서, 인류는 빙산을 만난 타이타닉 호처럼 앞날을 걱정한다. 아무리 생각해도 인간이 역사 이래로 논쟁하고 주장하던 철학과 사상으로는 인류를 구원할 수 없을 것 같다. 인간이 2천년 동안 쌓아온 각 분야의 지식을 총망라한다 해도, 침몰직전의 호화여객선 같은 인간세상을 구원할 수는 없을 것 같다는 생각이 든다. 인류의 파멸은 정치나 교육으로는 풀 수가 없다. 이 판국에 인류가 가진 재물이 무슨 쓸모가 있겠는가? 인간의 경험 또한 초라한 유산에 지나지 않는다.

인간세계의 구원이 하나님 손에 있음을 인정하는 것이 지혜요, 여호와를 경외함이 지식의 근본이다.

근심하지 말라

우리는 근심이 많은 시대를 살아가고 있다. 근심은 현대인들에게 감염된 전염병이며 예방약도 없는 병이다. 현대인들의 근심에는 다음과 같은 몇 가지 원인이 있다.

첫째는 경제적인 근심이다. 경제적으로 아무런 대책이 없는데 미래의 시간을 맞아야 하는 근심이 도사리고 있다. 오늘보다 내일이 더 나을 것이라는 기대감 없이 '앞으로 어떻게 살아가야 하나?' 하는 근심이 마음 저변에 깔려 있는 상태이다.

둘째는 게으름에 대한 죄책감에서 오는 근심이다. 그것은 지나간 시간 속에서 최선을 다하지 못했다는 자책감과, 오늘의 결심도 그리 오래가지 못할 것이라는 자괴감에서 온다.

셋째는 고독에서 오는 근심이다. 바쁜 현대인들은 나 혼자라는 외로운 감정에 휩싸여 있다. 그들에겐 나눔과 대화가 단절된 상태에서 오는 고독으로부터의 근심이 있다.

넷째는 위선에서 오는 근심이 있다. 나의 본래의 모습과, 다른 사람이 보는 나의 모습과의 차이에서 오는 위선적 근심이 있다. 화장하지 않은 맨 얼굴로 사람들을 대할 수 없을 것 같은 위선의 두려움은 우리에게 근심을 준다.

이러한 근심에 대한 방어로 현대인들은 가면 문화를 만들었다. 아무에게도 속을 보여 주지 않는다. 양파처럼 껍질을 벗기면 계속 껍질이 나오듯이, 현대인들은 껍데기뿐인 자신의 모습을 다 공개한 후에 오는 공허감을 이길 자신이 없어 가면을 벗지 못한다.

또한 게으름을 합리화하며 살아간다. 나도 할 만큼 했다는 변명과 그럴만한 이유가 있다는 생각 속에서 반성이나 회개나 자책을 무시하는 것이다.

이제 세상에 보편적인 절대 기준은 없고 각자가 만물의 척도일 뿐이라는 생각으로 고독을 체질화시킨다. 아예 타인과의 대화를 단절하고 만남도 거절한다. 그리고 텔레비전과 게임, 놀음, 쇼핑중독, 동물과의 생활에 몰입하고 사는 것이다.

오늘을 사는 현대인들의 모습은 만신창이다. 그 옛날 자기 삶에 가면을 씌우고 고독을 체질화하며 살아가던 사마리아 여인과 닮았다. 현대인들은 꿈도 희망도 대화도 관심도 없다. 망연자실하고 웃음이 없는 퀭한 눈을 가진 정신병자의 모습이다.

현대인들도 사마리아 여인처럼 예수 그리스도를 꼭 만나야 한다. 그분과의 대화만이 이 모든 병을 치료할 수 있기 때문이다.

당신은 혼자가 아니다

한 인간이 일평생 안고 살아가야 할 근심과 걱정, 불안, 고민, 좌절감 등을 무게로 환산하면 몇 킬로그램쯤 될까? 아마도 몇 킬로그램이 아니라 몇 메가톤이 될 것이다. 이렇게 우리는 감당할 수 없는 마음의 짐을 안고 살아가고 있다. '내가 지고 있는 짐의 무게는 얼마인가?'라고 생각하는 순간 다리에 힘이 빠지고, 살 자신이 없어짐을 느낄 것이다.

삶의 짐을 지고 몸고생, 마음고생하며 지나온 나날들이 허무하게 느껴질 때가 있다. 매일 똑같은 생활의 무의미한 반복이 지긋지긋하게 생각될 때도 있다. 희망도 꿈도 없이 근심과 염려의 족쇄에서 헤어나올 길이 없는 자신의 암담한 미래를 바라보며, 이제는 다 그만두고 싶은 충동을 느낄 때가 있다.

예수나 안 믿었으면 불신자들처럼 향락에 빠져 될 대로 되라는 식으로 아무렇게나 살 수도 있을 텐데, 하나님이 두려워서 그럴 수도 없다. 창살 없는 감옥이 따로 없다는 생각이 들거나, 재미없는 삶을 억지로 살고 있다고 느껴질 때는 어떻게 해야 할까?

그러나 생각해 보라. 입에 풀칠하기 위하여 달려온 지난날을 돌이켜 보면, 살아온 날들이 놀랍기만 하다. 근심과 걱정이 있었지만 지금까지 용케도 살아왔다. 그 숱한 눈물의 삶을 견디어 낸 우리들은 굉장한 존재다. 그 모진 시련과 좌절을 뚫고 오늘까지 살아왔다는 사실이 놀랍다. 스스로 대견하다는 생각도 든다. 다른 사람이 나라면 못했을 것이라는 생각이 들 때도 있지 않은가!

오늘 우리가 깨달아야 할 것이 있다. 우리는 혼자 살아 온 것이 아니라는 사실이다. 보이지 않는 하나님의 손길이 우리를 인도하셨다. 하나님은 눈물바다에서 우리를 건져 내셨다. 주님은 괴로움의 극한 상황에서 우리에게 극복할 힘을 주셨다. 우리가 불안할 때 평안을 주시고 근심할 때 믿음을 주셨다. 좌절할 때 손을 잡아 일으켜 주시고 분노할 때 마음의 평정을 주셨다.

오늘까지 인도하신 바로 그 하나님께서 우리의 미래도 보이지 않는 손길로 인도하실 것이다. 우리의 미래는 하나님의 손에 있다. 우리는 결코 혼자가 아니다.

부활의 에너지

한 인간이 태어나서 한평생을 살다가 죽는 과정은 그리 단순하지 않다. 우리는 대부분 그 과정을 모른 채 태어나서 살다가 죽어간다.

우선 인간은 왜 태어나야 했는지를 모른다. 우리는 내 의지대로 태어나지 않았다. 여기서부터 문제가 시작된다. 우리는 그렇게 '던져진 존재'로 살아가고 있는 것이다.

두 번째로 인간은 왜 이렇게 살아가야 하는지에 대해 모른다. 인생살이가 모두 내 손에 있는 것 같아도 자신이 원하는 것을 모두 충족하며 사는 사람은 없다. "이것이 아닌데, 이것이 아닌데…." 하는 동안 어느덧 세월은 흘러 40대가 되고 50대가 되고 60대가 되어 황혼기를 맞이하게 된다. 인생은 어린 시절의 꿈대로 되어 있지 않다. 살아가는 것이 아니라, 어쩌면 살아지는 피동적 삶의 연속인지도 모른다.

또한 우리 인간은 왜 죽어야 하는지를 모른 채 죽음을 맞이한다. 태어났다는 사실은 체념적으로 받아들일 수 있고, 지금까지 살아온 후회스러운 삶도 어쩔 수 없는 것이라 인정할 수 있지만, 그 다음에 기다리고 있는 죽음은 그렇지 않다. 죽음은 우리를 불안하게 만들고 공포 속에 몰아넣는다. 사실 우리는 죽음에 대하여 아는 것이 하나도 없다. 모르기에 무지하고 무지하니 불안하다.

신앙이 무엇인가? 신앙은 나도 죽을 것이라는 사실을 인정하고 받아들이는 일이다. 바로 여기에 믿음의 출발이 있고 영생에 대한 갈망이 있고 구원의 역사가 있다. 하나님께서 선택하신 마지막 시간에 아무런 이의 없이 갈 수 있는 마음을 훈련하는 것이 신앙생활이다.

어떻게 이런 일이 가능한가? 부활을 믿기 때문이다. 부활을 믿고 부활을 전하기 때문이다. 부활이 있는 사람과 없는 사람은 생각이 다르다. 인생관도 다르다. 물질에 대한 생각도 다르다. 부활을 믿는 사람들은 이 땅이 전부가 아니라는 것을 알고 있다. 나그네처럼 살다가 본향으로 돌아가야 한다는 것을 알고 있다. 그러기에 죽음 가운데서도 소망을 갖는다. 죽음은 삶의 끝이 아니라 새로운 삶의 시작이기 때문이다.

우리는 항상 부활의 에너지로 충만하여서 나그네 같은 세상에서 승리하는 사람들이 되어야 한다. 그리고 세상의 명예와 재물과 권력에 대한 집착으로부터 자유를 누려야 한다.

믿음과 평안

십자가는 우리에게 두 가지 의미를 가르쳐 주고 있다. 하나는 우리가 얼마만한 죄인인가 하는 것을 가르쳐 준다. 우리는 죽어야 마땅할 죄인이었는데 주님께서 대신 죽으셔서 살아난 것이다. 다른 하나는 우리가 얼마나 가치 있는 자인가 하는 것을 가르쳐 준다. 하나님께서 독생자를 희생시켜서 우리를 구원하셨기에 우리는 하나님 앞에서 아들과 딸의 권세를 지닌다. 우리를 구원하시고 자녀로 삼으셨다는 확증의 표시인 십자가를 통하여 우리는 하나님의 사랑을 믿게 된다. 십자가는 사랑의 증거이다.

이 하나님의 사랑을 믿어야 한다. 믿되 지정의(知情意)의 세 가지 균형을 갖추어서 믿어야 아름다운 신앙이다. 지(知)적으로 하나님의 사랑을 알고, 정(情)적으로 하나님의 사랑을 강하게 느끼고, 의지(意志)적으로 하나님의 사랑에 대한 결단을 하여, 삶의 고난과 역경 속에서도 평안과 감사를 유지해야 한다. 우리의 마음에 평안이 없는 것은 문제가 심각해서가 아니라, 하나님의 사랑을 확신하는 믿음이 없어서이다.

우리에게 지정의(知情意)의 균형 잡힌 믿음이 있다면 하나님의 사랑에 대한 확신이 생길 것이며, 우리는 어떤 고난 속에서도 평안을 누릴 수 있다. 사랑은 두려움을 물리친다. 십자가로 보증하신 하나님의 사랑이 있기에 우리는 삶의 풍랑 속에서도 평안할 수 있고, 걱정 근심이 많은 세상에서도 기도하고 감사 할 수 있다.

사도행전 12장에는 내일 죽는 것을 알면서도 평안히 잠을 자고 있는 베드로의 모습이 나온다. 베드로는 하나님의 사랑 안에서 평안한 마지막 밤을 보내고 있다. 죽음이 두려움으로 다가올 때도 주님이 들려주신 사랑의 말씀을 기억하고, 그 사랑을 가슴으로 느끼기에 두려움을 이기고 있다. 또한 이제 의지적으로 하나님 사랑에 대한 결단이 있기에 평안한 것이다. 더 이상 주님을 배반할 수 없다는 주님을 향한 사랑을 가슴에 품고, 그는 평안에 싸여 깊은 잠을 자고 있다.

오늘 우리는 무엇 때문에 불면증에 시달리는가? 왜 잠을 못 자고 근심하고 염려하는가? 다가올 미래의 일을 왜 지금부터 걱정하는가? 그 이유는 믿음이 없어서이다.

우리의 오늘이 아무리 어려워도 베드로의 오늘처럼 어렵지는 않다. 내일 죽어야 하는 베드로가 오늘 평안히 단잠을 잘 수 있다면, 우리에게 잠을 이루지 못할 이유는 없는 것이다. 내일 염려는 내일 하고 오늘 평안함이 어떠한가?

휴식이 필요하다

하루의 일과에도 일하는 낮이 있고 쉬는 밤이 있다. 보통의 사람들은 낮에 일하고 밤에 쉰다. 밤에 잠을 자기 때문에 낮에 일할 수 있는 것이고 건강도 유지되는 것이다. 쉼은 낭비가 아니라 재충전의 시간이다.

우리나라에 언제부터인가 끔찍한 용어가 나돌기 시작했다. 바로 '월, 화, 수, 목, 금, 금, 금' 이라는 말이다. 일만 하는 사람들의 휴식 없는 한 주간을 일컫는 말이다. 그런데 이것이 아주 자랑스러운 생활인 듯 회자되고 있는 것이 문제이다. 이는 하나님의 법칙이 아니다. 하나님의 창조에는 반드시 안식이 있고, 쉼의 의미를 중요시하는 법칙이 있다. 하루의 일과와 한 주간 생활에 휴식이 필요하듯, 일생의 삶에도 반드시 휴식이 필요하다.

쉼은 목회자들에게도 필수적인 재충전의 시간이다. 하나님의 일에 충성한다고 잠자는 시간도 무시하고, 한 주간에서 단 하루의 휴식마저 빼 버리고, 안식년의 여유도 없이 일한다면, 병에 걸리고 스트레스로 인하여 정신까지 망가진다. 정말 하나님의 일에 충성하는 사람은 휴식의 의미를 알고 그 법칙에 순종해야 한다. 쉬는 것은 재충전의 시간이기 때문이다.

하나님께서도 천지창조의 과정을 마치고 쉼을 가지셨다. 쉰다는 것은 노는 것이 아니라 보는 것이었고 생각하는 것이었다. 천지를 창조하시고 보면서 좋아하시고, 생각하면서 기뻐하셨다. 하나님의 모습을 상상해 본다면 휴식의 진정한 의미를 깨달을 수 있을 것이다.

목회자들은 한 주간의 사역을 돌아보고 평가하기 위해 쉬는 시간이 필요하다. 또 한 해 동안에도 어떤 기간을 정하여 쉬면서 목회를 종합적으로 살펴보아야 한다.

목회자뿐만 아니라 평신도 사역자들의 휴식도 필요하다. 한국의 교회는 목회자들뿐만 아니라 평신도들까지 모두 지쳐있다. 교회 일을 하다가 어느 지점에서는 조금 쉬면서 다른 교회도 돌아보고, 기도도 충분히 하고, 신앙 서적도 읽으면서 재충전해야 한다. 교회 일을 한다고 영과 육신을 재충전할 기회 없이 오직 매달리기만 하면, 감사가 없어지고 율법적인 신앙생활이 되기 쉽다.

쉬는 것도 신앙생활의 일부이다. 교회는 목회자에게 휴식의 기회를 기꺼이 주고, 목회자도 평신도들에게 휴식의 시간을 주는 아름다운 목회현장이 되면 좋겠다.

생존욕을 어이할꼬!

　인간에게는 기본적으로 생존욕이 있다. 신앙은 이 본능적인 생존욕을 사랑하는 것이다. 조금 어려운 일이 있다고 하여 죽고 싶다거나 삶을 저주하는 식의 태도는 신앙인의 자세가 아니다. 우리는 사는 일에 충실하여야 한다. 장애물도 극복하고 태산 같은 문제도 해결하면서 악착같이 살아야 한다.

　또한 나의 생명뿐만 아니라 남의 생명도 존중해 주어야 한다. 남을 미워하여 살인을 한다거나 궁지로 몰아넣어 삶을 포기하게 만드는 일은 신앙인이라면 절대 해서는 안 된다. 함께 더불어 살아가고 살려 주는 사회를 만드는 것이 신앙인이 해야 할 일이다. 생존욕은 인류의 모든 활동의 원천적 힘이며 역사 발전의 원동력이다. 생존욕은 하나님이 인간에게 주신 축복이므로 생존욕을 누리는 것이 신앙이다. 참 신앙인은 언제나 삶이 보람 있고 아름답게 느껴져서 살아야 할 이유를 분명히 갖는다.

　그러나 생존욕을 그대로 방치하면 욕심이 되고, 욕심이 과하면 죄를 낳는다. 1954년 미국에서 세계 최초로 장기 이식 수술이 성공한 후 이것이 보편화되자, 남미 등의 후진국에서는 납치와 행방불명자들의 수가 급증하였다. 이러한 범죄는 가진 자들의 생존욕이 과하여 죄를 낳은 경우이다.

요즘 우리 사회는 생명을 연장시키고 난치병의 치료에 희망을 갖게 해 준 줄기세포 연구에 대한 논쟁이 있다. 의도가 어떻고 방법이 어떻든 간에 중요한 것은 진실이다. 진실을 은폐하는 욕심은 죄를 낳기 때문이다. 진실과 생명존중이라는 하나님의 방법을 벗어난 인간적인 방법은 결코 인류를 낙원으로 이끌 수 없음을 명심해야 한다. 오늘 우리 사회는 생존욕의 과열 현상으로 흥분하고 있다. 이 상황 속에서 잠시 흥분을 가라앉히면, 흥분은 곧바로 두려움이 된다. 하나님의 동의 없이 생명의 영역을 침범한 인간은 지금 도박을 하고 있는 것이다.

신앙이란 삶과 죽음을 하나님께 맡기고, 죽음 저 너머의 하나님의 나라와 부활을 믿으면서, 하나님께서 정하신 삶과 죽음의 시간에 이의 없이 따르는 결단이다. 사람은 모두 죽는다. 그리고 사람은 죽는 순간의 모습에서 믿음의 깊이가 판가름이 난다. 적어도 예수님보다 오래 산 사람들은 언제 부르셔도 감사하고 떠날 준비를 하며 살아야 하지 않겠는가?

세상이 알지 못하는 평안

세상의 사랑은 불안을 동반한다. 프랑스 작가 장 콕도(Jean Cocteau)는 사랑이라는 시에서 이렇게 말한다. "사랑한다는 것/ 그 것은 사랑을 받는다는 것이다./ 하나의 존재를 불안에 휩싸이게 하는 것이다."

세상의 사랑에는 중용이 없다. 지나침과 치우침만이 있다. 세상의 사랑에는 브레이크가 없다. 질주와 무절제만이 있다. 세상의 사랑에는 네가 없다. 오직 나만이 존재하고, 나를 위한 너의 사랑만을 요구한다.

그러므로 사랑의 결과는 항상 불안이다. 그리고 그 불안의 원인은 다음과 같은 것이다. 첫째는 상대방의 관심 밖으로 밀려날까 하는 불안이요, 둘째는 상대방의 곁에 있을 자격이 있나 하는 불안이요, 셋째는 상대방의 요구사항에 부응할 수 있나 하는 불안이다. 즉 배신에 대한 불안, 열등감에 대한 불안, 무능력에 대한 불안이 항상 인간관계에 도사리고 있다.

이기적인 세상의 사랑 속에서 우리는 서로 속고 속이면서 사랑이라는 말로 불안을 감싸 안으려 하지만 마음에 평안은 없다. 사랑할수록 불안해지는, 거짓된 사랑이 낳은 정신병에 우리 모두가 감염되어 있다.

주님께서는 불안해하는 제자들에게 말씀하셨다. "평안을 너희에게 끼치노니 곧 나의 평안을 너희에게 주노라. 내가 너희에게 주는 것은 세상이 주는 것 같지 아니하니라. 너희는 마음에 근심도 말고 두려워하지도 말라."(요 14:27)

주님은 우리를 사랑하시되 배신 없는 사랑을 주신다. 주님의 우리를 향한 사랑은 자격을 묻는 사랑이 아니다. 그리고 주님의 사랑은 우리에게 무엇을 요구하시는 사랑이 아니다.

탕자를 받아 주시고 과거를 묻지 않으시는 사랑 속에 더 이상 불안은 없다. 배반한 베드로를 옆에 앉히시고 먹을 것을 나누며 조용히 손을 잡으시며 제자 됨을 확인시켜 주시는 주님의 사랑에는 더 이상 불안이 없다. 음행 중 현장에서 잡힌 여인까지도 포기하지 않으시고 다시 한 번 기회를 주시며 평안을 선포하시는 그 사랑 속에 불안이 자리할 공간이 없다.

"주여, 당신의 사랑 안에서 세상이 알지 못하는 평안을 누리게 하소서." 이것이 불안의 시대를 사는 우리의 기도이다.

비틀즈의 '상상'(想像)

"Let it be"로 유명한 영국의 4인조 록 밴드 비틀즈(The Beatles)는 1960년에 결성되어 10년이라는 짧은 세월동안 폭발적인 인기를 누리다가 1970년 공식 해체되었다. 비틀즈의 멤버 중 존 레논(John Lennon)이 작곡한 상상(Imagine)이라는 노래의 가사는 다음과 같다.

"천국이 없다고 상상해 봐요. 생각하기 쉬울 거예요./ 그러면 우리 밑에 지옥도 없어요. 우리 위에는 오직 하늘만 있어요./ 그런 오늘을 사는 모든 사람들을 떠올려 봐요./ 국가가 없다고 상상해 봐요. 어렵지 않을 거예요./ 그러면 죽고 죽일 일도 없고 종교도 없어요./ 그런 평화 속에 사는 모든 사람들을 그려봐요./ [···] 무소유를 생각해 봐요. 가능할지는 몰라도/ 그러면 탐욕도 배고픔도 없고 형제적 인류애가 있을 거예요./ 전 세계의 모든 사람들이 함께 나누는 것을 상상해 봐요./ 아하, 당신은 나를 몽상가라고 말할 수 있겠지요./ 하지만 나 혼자만은 아니에요./ 당신도 언젠

가는 이와 같이 되기를 바래요./ 그러면 세상은 하나가 되어 살게 될 테니까요."

비틀즈의 노래들을 하나의 시각으로 보는 것이 무리라는 것을 잘 안다. 그 시들은 동화적이고 풍자적인 것부터 시작하여, 철학적이고 우주적인 것까지 아주 다양하게 얽혀 있다. 그런데 위의 '상상'이라는 노랫말에는 무신론, 무정부, 포스트모던, 유토피아에 대한 동경이 숨어 있다. 하나님이라는 존재가 거추장스럽고, 이를 강요하는 종교는 인간의 자유와 행복을 방해하는 불필요한 것이며, 국가나 정부 또한 무익한 조직이라는 지극히 인본주의적인 사고가 깔려 있다. 지고의 선(善)이란 오로지 '인간의 자유'라는 이들의 선언 속에는 종교의 설 자리가 없고 하나님의 존재 이유 또한 없다.

비틀즈의 출현과 인기로 가장 피해를 본 것은 영국의 교회였다. 영국교회는 비틀즈의 영향력으로 말미암아 정말 비틀거리기 시작하였다. 그들이 수없이 부른 노래처럼 포스트모던 사상이 교회에 침투하였고, 이슬람이 증가하였고, 동성애는 합법적이 되어 버렸고, 교회는 문을 닫았다. 영국에서는 교회와의 싸움에서 비틀즈가 승리하였다.

오늘 한국교회 안에 천국과 지옥을 믿는 사람이 얼마나 될까? 천국과 지옥을 믿는다면 왜 여전히 물욕과 명예욕에 사로잡힌 분쟁이 사그라지지 않을까? 한국에서조차도 교회가 비틀즈에게 판정패 당하도록 두고만 볼 것인가?

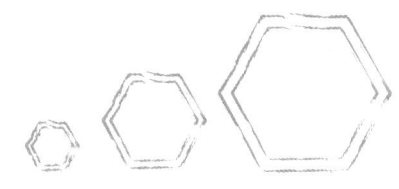

III. 인물을 생각하며

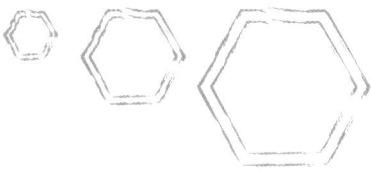

스티브 잡스가 남긴 것

애플의 공동창업자 스티브 잡스만큼 파란만장한 인생을 산 사람도 없을 것이다. 그는 태어나기 전부터 양부모에게 가기로 정해졌던 버림받은 삶이었다. 그는 대학에 입학은 하였으나 비싼 학비에 회의적인 생각이 들어 자기가 하고 싶은 공부를 하겠다며 중퇴했다. 그는 자신이 창업한 회사 애플에서 해고당하는 어처구니없는 경우를 받아들여야 했던 비운의 사람이었으나, 왕성한 아이디어 덕분에 다시 애플의 주인이 된 천재였다.

그러다 그는 잘 나가고 있을 때 췌장암이라는 진단을 받았다. 그는 병원에서 권하는 수술을 거부하고 민간요법이나, 심지어는 심령술사에게 의존했다고 한다. 나중에 과학적인 치료를 받기는 했지만 이미 돌이킬 수 없는 상태였다. 아직 젊은 나이에 세상을 떠나야 했던 그는 비극의 주인공이었다.

그는 부모의 사랑이나 가족의 행복을 모른 채 오직 일에만 매달려서 살다 간 사람이었다. 그는 '디지털 혁명의 아이콘', '우리시대의 레오나르도 다빈치', '세계 최대 IT기업의 최고경영자(CEO)' 등의 수식어를 달고 살면서 매스컴의 주목을 받았다. 그는 자신의 장례식날에 성조기(星條旗)를 조기(弔旗)로 바꾼 불세출의 영웅이었다. 사람들은 그를 위대한 발명가 에디슨의 대열에 올려놓고 칭송하며 추모하고 있다.

잡스의 삶을 보면서 '인생이란 무엇인가?'라는 고전적인 질문을 해 본다. 그리고 전도서의 말씀을 떠올려 본다. "사람이 해 아래에서 행하는 모든 수고와 마음에 애쓰는 것이 무슨 소득이 있으랴. 일평생에 근심하며 수고하는 것이 슬픔뿐이라. 그의 마음이 밤에도 쉬지 못하나니 이것도 헛되도다."(전 2:22-23)

무엇이 행복한 인생일까? 일을 위해, 성공을 위해, 명예와 탐욕스런 자리다툼을 위해 사는 인생은 분명 아닐 것이다. 창조주 하나님을 경배하지 않고 자신이 창조주가 된 듯한 착각 속에서, 스스로에게 속는 헛된 삶의 시간들이 우리의 곁을 빠르게 스쳐가고 있다. 스티브 잡스의 죽음을 보면서, 우리의 삶이 '밤에도 쉬지 못하는' 헛되고 헛된 삶은 아닌가를 반성해 보아야겠다. 하나님 없는 인간의 삶에 행복과 평안은 없다.

열정의 사람 고호

　빈센트 반 고호(Vincent Van Gogh)는 1853년 네덜란드의 한 가난한 집안에서 태어났다. 그림을 아주 잘 그렸던 어머니는 고호에게 그림에 관심을 갖게 해 준 첫 번째 사람이었다. 고호는 한 가지 일에 몰두하면 모든 열정을 다 쏟고야마는 성격이었다. 그는 우술라(Ursula)라는 여인을 사랑하였으나 그 첫사랑은 실패로 끝났다.

　한동안 실의에 빠져 있던 그는 1878년 벨기에의 수도 브뤼셀에서 신학을 공부하기 시작하였다. 그는 단기 과정을 수료한 후, 벨기에 남부의 탄광지대로 가서 가난하고 궁핍한 사람들을 돌보고 전도하는 일에 혼신을 다하였다.

　그의 열정에서 나온 희생과 수고는 많은 사람들에게 감동을 주었지만, 과격하고 파격적인 행보로 말미암아 수난과 배척을 받아야 했다. 그는 당시 사람들이 금기로 여기는 술집이나 댄스홀에 가서도 전도를 하였고, 탄광촌에서 파업이 일어나자 광부들의 편에 서서 모금운동을 전개하여 교회지도자들의 눈 밖에 나기 시작하였다. 결국 그는 목회사역을 금지당하고 말았다.

원하던 선교의 길을 더 이상 걸을 수 없었던 고호는 이제 그림을 그리는 일에 몰두하기 시작하였다. 그는 그림을 통하여 자신의 생각과 열정을 표현하려고 하였다. 고호는 가난하고 소외된 계층의 사람들에게 애정과 관심을 보였기에 초기 그림에는 대부분 노동자와 농민, 광부, 직조공 등이 등장한다. 그 그림들은 렘브란트와 밀레를 본받아 어둡고 칙칙한 색조가 주류를 이룬다. 고호는 몹시 가난했다. 게다가 병마에 늘 시달려야 했던 그는 동생으로부터 평생 생활비를 지원받아야 했다.

고호는 파리에서 여러 인상파 화가들을 만나면서 그림이 밝은 화풍으로 바뀌기 시작하였다. 후에 그는 밝은 태양이 작열하는 남프랑스의 프로방스와 아를르로 가서 마지막 예술혼을 불사른다. 고호는 오늘날 대표적인 인상주의 화가로 이름을 남기고 있으며, 그의 그림은 많은 사람들에게 사랑을 받고 있다. 그는 37세의 짧은 생애 동안에 900점의 그림과 1,100점의 데생을 그렸다.

고호를 가리켜 후대 사람들은 '인류는 위대한 설교자를 잃었으나 위대한 화가를 얻었다.'고 말한다. 오늘 우리 시대의 비극은 열정의 사람을 찾기 어렵다는 것이다.

영웅 마라도나의 고향

 2010 남아공 월드컵에서 아르헨티나의 대표팀은 독일에게 0대4의 참패를 당하면서 8강 진출에 실패한다. 당연히 그 책임은 디에고 마라도나(Diego Armando Maradona) 감독에게 돌아가야 했다. 그러나 패장 마라도나 감독이 귀국할 때 사람들은 '디에고'를 외치며 열렬히 환호한다. 그의 감독직에 대해서도 축구협회나 그의 팬들은 물론 페르난데스 대통령까지 나서서 연임을 지지한다.

 마라도나는 현역시절인 1986년 멕시코 월드컵에서 잉글랜드를 격파하는데 공을 세웠다. 이 승리는 1982년 포클랜드 전쟁에서 아르헨티나가 영국에 패했던 것을 설욕하는 쾌거였다. 유럽에서 활약하던 현역시절의 그는 아르헨티나 국민들의 자부심이었다.

 아르헨티나는 20년 전 선수 시절의 마라도나의 공로와 감독시절의 오늘의 과오를 구분하여 공로(功勞)를 더 높이면서 그를 계속 영웅으로 받들고 있는 것이다. 그는 사실 개인적으로는 마약, 알코올, 폭력 등 문제가 한 둘이 아니다. 그럼에도 불구하고 영웅으로서의 그의 공로를 영원히 기리고 인정하는 아르헨티나의 국민성이 부럽기 그지없다.

한 사람의 영웅을 영웅으로 끝까지 존경하고 사랑하는 성숙한 사회분위기가 왜 우리나라에는 없을까? 우리 사회엔 한 인물에 대한 과오를 문제 삼아 그의 공로까지도 깔아뭉개고 죽이고 매장시키려는 못된 풍조가 있다.

조선 시대로부터 이런 풍조에 희생당한 그 수많은 귀하고 아까운 인재들의 끝에 차범근 감독이 서 있다. 그가 감독으로 출전한 1998년 프랑스 월드컵 대회에서 히딩크가 이끄는 네덜란드에 0대 5로 참패했을 때, 대한축구협회는 경기도중 그를 감독에서 퇴출시키는 만행을 저질렀고, 이에 편승한 당시 매스컴들은 그의 사생활까지 들추면서 차범근을 국민적인 역적으로 만드는데 혈안이 되었다.

차범근의 옛날 축구선수로서의 국위선양이 마라도나 보다 못할까? 그는 현역시절 축구의 본고장 유럽에서 마라도나와 같은 인기를 누리면서, 세계의 관심 밖이었던 은둔의 나라 '코리아'를 유럽과 전 세계에 알린 최고의 외교관이요, 유럽 교포들의 자부심이요, 국민의 영웅이었다. 유럽과 세계는 아직도 차범근을 잊지 못하는데, 한국은 그를 외면하고 그에 대한 명예회복을 미루고 있다.

차범근 감독

　우리나라가 한창 경제성장에 박차를 가하던 1978년에 차범근은 25살의 나이로 독일 분데스리가(Bundesliga)에 입문하여 선수생활을 하게 된다. 그는 1989년 은퇴할 때까지 분데스리가 308경기에 출장하여 98골을 넣는 위대한 역사를 썼는데, 이는 외국인으로 최다 골이었다. 그는 85-86시즌에는 17골을 넣어 분데스리가 '올해의 스타상'을 수상하였다.

　'차붐'으로 알려진 그의 명성은 독일은 물론 유럽 전체로 뻗어나갔다. 그는 마라도나와 같은 인기를 누리고 있었고, 역사상 아시아 최고의 선수로서 레전드(legend)가 되었다. 뿐만 아니라 그는 신실한 신앙인으로서, 거친 태클로 심한 부상을 입었을 때 상대방 선수를 용서한다고 하여 독일인들에게 큰 감동을 주기도 했다. 지금의 독일 현역선수들은 어린 시절에 그를 우상으로 여기며 닮고 싶어 했다고 한다.

　그는 한국을 세계에 알린 위대한 외교관이었다. 당시 한국은

6.25전쟁과 가난, 고아, 최빈국이라는 이미지만 남아 있던 때였다. 독일은 아시아의 변방 국가인 한국에 대해 잘 모르고 있었다. '코리아'라고 하면 아프리카의 어느 나라로 알 정도였다. 심지어 어떤 독일 교과서에는 한국이 일본의 영토로 표기되어 있기도 했다.

차범근의 출현으로 독일 사람들은 한국에 대하여 관심을 가지게 되었고, 한국인에 대한 그들의 인상도 달라지기 시작했다. 이는 당시 우리나라의 경제성장에도 간접적인 영향을 미쳤으니, 한국의 역대 어떤 외교관도 차범근만큼의 국위선양을 한 사람은 없다고 본다. 독일 총리가 그에게 귀화를 종용했지만, 그는 뿌리치고 한국으로 돌아왔다.

그러나 한국은 그에게 영웅대접을 하지 않았다. 1998년 프랑스 월드컵에서 그는 대표팀 감독으로 출전하여, 거의 예선 탈락 위기에 빠진 한국축구 대표 팀을 살려내 '도쿄대첩'이라 불리는 역전승의 신화를 써가며 본선까지 올려놓았다. 그러나 그의 이러한 공은 철저히 무시되었고, 본선에서 네덜란드에게 0대5로 지자마자 대한축구협회는 대회 도중 감독을 경질하는 무례를 서슴지 않았다. 그는 경기 때마다 벤치에서 기도하였는데, 당시 도올 김용옥은 그것이 못마땅하다고 생트집을 잡았다.

이제 한국은 그를 국가대표 감독에 다시 임명해야 한다. 그만큼 대한민국은 그에 대하여 빚을 지고 있다. 인물이 나타나면 죽이고 매장하고 도태시키는 구습을 이제는 끝내야 한다.

송진우 선수에게 배우라

지난 2008년 프로야구 한화 구단의 송진우 선수가 탈삼진 2,000개를 달성하여 화제가 되었다. 1989년에 선수 생활을 시작한지 무려 19년 만에 이룬 대기록이니 박수를 보낼 만하다. 그는 2,000 탈삼진을 달성한 후 어느 신문기자와 인터뷰 하면서 아주 중요한 말을 몇 가지 하였다.

우선 어떻게 그렇게 오래도록 선수 생활을 할 수 있었느냐는 질문에, 그는 선수 생활을 오래 하려면 야구를 즐기면서 해야 하고, 야구를 즐기려면 성적이 좋아서 이기는 경기를 많이 해야 하고, 이기려면 남보다 노력을 더 많이 해야 한다고 답하였다.

우리의 삶도 마찬가지라고 생각한다. 한 번 주어진 인생인데 삶을 긍정적으로 생각하고 즐겁게 살아야 하겠다. 고생은 했지만 보람 있는 삶이었다고 말할 수 있어야겠다. 그러기 위해서는 부지런하고 열심히 사는 길밖에 없다. 쓸데없는 명예욕이나 재물 때문에 매일 욕하고 싸우고 패배하는 인생이 되면 안 된다.

한편 송진우 선수가 돋보이는 것은 오로지 한화 구단에서만 선수 생활을 하면서 대기록을 이루었다는 사실이다. 그는 외국이나 다른 구단으로 이적할 생각은 없었느냐는 질문에 이렇게 대답을 하였다. 우선 외국은 나갈 만한 실력이 안 된다고 생각해서 안 갔고, 좋은 조건을 제시하는 타 구단의 요청도 있었지만, 돈을 벌면 얼마나 더 벌겠나 하는 생각에 가지 않았고, 그리고 한화가 지원은 화끈하게 해 주지 못해도 정이 많은 구단이라 사랑했다는 것이다.

우리는 지금까지 "하면 된다. 불가능은 없다."라는 구호 아래서 무모한 시도를 많이 하였다. 그리고 그것이 믿음의 전부인양 착각을 하였다. 진정한 믿음이란 자신의 분수를 알고 주어진 현재의 환경을 사랑하며 감사하는 생활이 아니겠는가? 받은바 은혜와 사랑을 과분한 것으로 알지 못하고, 채우지 못한 욕망에 대한 갈증으로 일평생을 전쟁하듯이 불행하게 사는 것은 결코 바람직한 신앙인의 모습이 아니다.

오드리 햅번

영화배우 중 오드리 햅번 만큼 인기를 누린 사람도 없고, 죽은 후에도 오랫동안 기억되는 사람이 없을 것이다. 그러나 햅번의 개인적인 삶은 그리 행복하지 못하였다. 그녀가 6세 되던 1935년에 부모가 이혼하였다. 그리고 2차 세계대전 중에는 배고픔의 고통을 겪어야 했다. 이 극심한 배고픔의 추억은 나중에 그녀가 유니세프 (UNICEF)의 홍보대사로 활동하는 동기가 될 정도로 큰 시련이었다.

그녀는 미국 배우 멜 페러(Mel Ferrer)와 결혼하였으나 아들 하나를 낳은 후 1968년에 이혼한다. 이듬해인 1969년에 9살 연하인 이탈리아의 정신과 의사 안드레아 도티(Audrea Dottie)와 결혼해 아들을 낳았지만 1981년 또 다시 이혼한다. 그녀는 만년에 암을 얻어 투병생활을 하다 65세에 길지 않은 생애를 마쳤다.

사람들은 흔히 햅번이 미모 덕분에 배우로서 성공할 수 있었다고 말한다. 그러나 잘 살펴보면 햅번은 그렇게 완벽한 미인형이라고 볼 수 없다. 어떤 작가는 그녀의 작은 얼굴과 지나치게 커다란 두 눈과 쭉 뻗은 목과 꼬리가 너무 올라간 입이 사진을 찍을 수 없을 정도로 불편한 생김새라고 평하기도 하였다.

햅번의 진정한 매력과 성공의 동력은 무엇일까? 그것은 그녀의 성숙한 인간미와 어떤 환경 속에서도 잃지 않았던 아름다운 미소 때문이다. 그녀의 아들 도티는 어머니를 회상하면서 다음과 같이 말하였다. "어머니는 항상 밝고 유쾌한 분이었어요. 특히 외면보다는 내면의 아름다움을 키우라는 얘길 많이 하셨죠. 어려운 이들을 돕고 주변의 모든 것에 감사하는 마음을 가지라고 가르쳤어요. 평범한 어머니이기도 했지만 아침 일찍부터 대본 연습을 하는 등 프로의 면모도 보였죠."

더 중요한 것은, 오드리 햅번의 성숙한 인간미와 아름다운 미소는 타고난 것이 아니라 고난과 역경 가운데서 훈련하며 만들어 낸 것이라는 사실이다. 그녀는 유니세프 활동의 한 가운데에서 다음과 같은 명언을 남기고 있다.

"내가 이곳에 있는 이유는 누군가에게 잘 보이려는 것이 아닙니다. 전 세계의 행복하게 사는 사람들이 그렇지 못한 사람들을 볼 수 있도록 하는 것이 나의 목적입니다."

오늘 갑자기 그녀가 보고 싶어진다.

위대한 사람 톨스토이

러시아의 대표적인 작가 톨스토이는 위대한 인물이었다. 그의 위대성은 명작을 많이 남겼다는 것뿐만이 아니다. 그에게는 몇 가지 배울만한 생활철학이 있다.

우선 그는 진리를 두려워하며 살았다. 그는 진리의 가치를 깨닫고 소중함을 알면서 살아간 위인이다. 그의 첫 번째 생활철학은 '스스로에게 거짓말을 하지 않는다.'는 것이었다. 세상에서 돈이나 권력이나 부귀영화가 귀하기는 하지만 '나'라는 존재보다 더 귀하지는 않다는 사실을 명심하며 살았기에, 그는 스스로의 양심을 속이지 않으려 했다. 그는 자신을 속여서 얻을 만한 가치 있는 것이 세상에는 없다고 판단했다. 그는 진리 안에 자신을 묶어 두는 훈련 속에서 살았다.

그는 한 걸음 더 나아가 자신이 가지고 있던 특권의식조차 버렸다. 그의 두 번째 생활철학은 '나는 죄 많은 인간이다.'라는 것이었다. 무엇을 소유하려는 것보다 있는 것을 버리는 것이 더 어려운 일이다. 가난한 가정에서 태어나 자수성가한 사람도 훌륭하지만, 부유한 가정에서 태어나 특별한 뜻을 가지고 평생을 가난하게 사는 사람은 더 훌륭한 사람이다. 모스크바에 있는 톨스토이의 생가를 방문해보면, 엄청나게 큰 저택과 넓은 정원과 인쇄소까지 갖춘 명문가택이 눈에 들어온다. 그는 젊은 시절 상류사회에 속하여 나태하고 방탕한 생활을 하였다. 하지만 나중에는 참회하고, 일생을 억울하고 가난한 사람들의 정신적 친구가 되어 주면서 종교색이 강한 작품 활동에 몰두한다.

또한 톨스토이는 하나님 앞에서 인간의 자리를 지키면서 살다 간 위인이다. 유명해져도, 부유해져도, 인기 작가가 되어도, 자신은 그저 인간일 뿐이라는 한계를 분명히 했다. 그의 세 번째 생활철학은 '인간으로서의 계율을 준수한다.' 였다.

우리 모두 톨스토이의 생활철학을 되새겨 보고 반성하는 시간을 갖자. 진리 안에 자신을 묶어 두는 훈련을 해 보자. 이제 우리도 죄인 됨을 고백하며 하나님을 인생의 주인으로 의식하는 삶으로 체질개선해야 하겠다.

임마누엘 칸트

칸트는 1724년에 프로이센 주의 쾨닉스베르그(Königsberg)에서 태어났다. 아버지는 천민직업에 종사하였고 어머니는 학교 교육도 제대로 받지 못했지만, 두 사람은 모두 깊은 신앙심을 가지고 있었다. 칸트는 집안이 어려워 학교를 못 다닐 형편이었으나, 그의 현명함과 신앙심을 높이 평가한 교회 목사님의 도움으로 학교에 들어 갈 수 있었다. 그는 거기서 8년간 라틴어 공부에 몰두하게 되는데, 이것은 훗날 그를 대학자로 만드는 기초가 된다.

칸트는 쾨닉스베르그 대학에 입학하였으나 경제적인 문제로 스스로 돈을 벌어야 했다. 가난한 칸트는 결국 대학공부를 중단해야 했고, 두 번이나 약혼했지만 결혼에는 실패해 평생을 독신으로 지낸다. 그는 31세에 친구의 도움으로 겨우 대학에서 공부를 마치고 학위를 받았는데, 이때부터 15년간 고달픈 강사생활을 해야 했다. 그는 돈을 한 푼이라도 더 벌기 위하여 닥치는 대로 여러 학문분야의 강의를 했는데, 이러한 경험이 오히려 그의 학문의 폭을 넓혀 주었으니 전화위복이 된 셈이다.

칸트는 쾨닉스베르그 대학에서 교수가 되는 기회를 두 번이나 놓치고 겨우 사서직 자리를 얻어 생활을 했다. 그러다 마침내 46세가 되던 1770년에야 철학과 교수로 임명된다. 그 후 10년 이상의 세월을 오직 〈순수이성비판〉의 저술에 전념하였는데, 이 책의 성공으로 그는 인생역전을 이루게 된다.

칸트는 빈틈없는 사람이었다. 언제나 새벽 5시에 일어나서 7시부터는 대학에서 강의를 하였고, 끝나면 집에 돌아와 집필원고에 몰두하였다. 그리고 오후 5시가 되면 어김없이 산책을 나갔는데, 그 시간이 얼마나 정확했던지 마을 사람들이 칸트의 산책에 맞추어 시계를 맞췄을 정도이다. 이런 철저한 습관이 160cm도 안 되는 키에 병약했던 그를 80세까지 장수하게 만들었다.

오늘날 철학의 영역에서 칸트만큼 영예를 누리는 사람도 드물다. 그의 명성이나 업적을 보고 타고난 좋은 환경에 순탄한 인생행로가 곁들여진 산물이라고 생각하기 쉽다. 그러나 칸트는 유명해지기 위한 삶의 조건이 별로 없는 가운데서 철저한 자기 관리를 통하여 성공한 사람임을 잊어서는 안 된다.

카알라일

　스코틀랜드가 낳은 유명한 사상가 토마스 카알라일(Thomas Carlyle)은 3권으로 이루어진 〈프랑스혁명〉(The French Revolution)을 저술한 것으로 유명하다. 그는 장로교 신자인 아버지의 권유로 목사가 되려고 마음먹기도 하였으나 적성에 맞지 않음을 알고 포기하였다. 그는 수학교사로도 일하고, 법률공부도 해 보고, 언론사에서도 일하며 무의미한 삶을 보내었다. 그는 결혼하여 1834년에 런던으로 이주하였으나 마땅한 일자리를 찾지 못한 채 어렵게 살았다. 그는 성격이 까다롭고 화를 잘 내는 편이었기 때문에 부부싸움이 잦았다.

　그는 그런 와중에서 고집스럽게 〈프랑스혁명〉이라는 책을 집필하기 시작하였다. 원고가 일부 완성되었을 때, 평소에 절친했던 밀(John Stuart Mill)에게 읽어 보라고 원고뭉치를 건네주었다. 그런데 밀의 집에 화재가 나는 바람에 수개월이나 공들인 원고가 모두 불타 버렸다. 이 소식을 들은 카알라일은 대단히 상심했다. 그러나 그는 밀에게 화를 내지 않고 부드럽고 친절한 문장으로 편지를 써서 오히려 위로해 주었고, 자신도 지나간 일에 미련을 두지 않았다.

이는 카알라일의 평소의 성격으로 볼 때 매우 이례적인 일이었다. 그는 과거의 불행했던 시간들에 비추어 볼 때, 이 사건은 또 하나의 불운에 불과할 뿐 그리 크게 놀랄 일이 못 된다고 생각했던 것이었다. 그리고 이러한 불운을 경험으로 하여 다시 책을 쓰면, 더 깊이 있고 색다른 관점에서 프랑스혁명을 다룰 수 있을 것이라고 확신했다.

원하는 대로 인생이 풀리지 않아 작은 일에도 참을성이 없던 그였으나, 마음을 고쳐먹고 난 후에는 큰 시련 앞에서도 대범할 수 있는 체질로 바뀌었다. 그는 시름에서 벗어나 다시 원고에 집중하였다. 드디어 1837년 초에 〈프랑스혁명〉을 완성하였고, 그는 유럽을 대표하는 사상가로 이름을 남겼다.

카알라일이 남긴 말 중에 "길을 가다가 돌이 나타나면 약자는 그것을 걸림돌이라고 하고, 강자는 그것을 디딤돌이라고 한다."는 말은 마음 깊이 새겨둘 만하다.

휘셔 디스카우와 독일가곡

독일 가곡을 가장 잘 부르는 가수 이름을 대라면 모두 바리톤 디트리히 휘셔 디스카우(Dietrich Fischer-Dieskau)를 말할 것이다. 그가 독일 가곡을 얼마나 잘 불렀는지, 음악평론가들은 디스카우 이전의 독일 가곡 창법과 그 후를 구분해서 이야기할 정도이다. 디스카우는 머리, 가슴, 몸통소리를 종합하여 자기만의 독특한 소리를 만들었는데, 이는 독일 가곡 발성의 새로운 전기를 마련한 것으로 평가 받는다.

그런데 본래 디스카우는 성량이 너무 적은 가수였다. 그는 오페라 가수가 꿈이었으나 도저히 성공할 수가 없었다. 그러나 실망하지 않고 자기가 할 수 있는 분야를 찾았다. 그는 목소리가 작아도 할 수 있는 독일 가곡에 몰두하기 시작하였다. 그는 슈베르트나 슈만 등의 가곡에 붙어 있는 독일어 가사를 모두 분석하였고, 멜로디가 어떻게 연관되어 있는지를 연구하였다. 더 나아가서 작곡가들이나 시인들에 관련된 책들을 읽고, 노래에 붙은 시를 분석하여 발성에 적용하였다. 그 결과 그는 독일 가곡에 있어서 최고의 성악가가 되었을 뿐만 아니라, 이에 관련된 이론 분야에서도 일인자가 되었다. 이미 은퇴하였고 80대의 고령임에도 불구하고, 그의 명성은 여전하여 사그라질 기미가 없다.

본래 독일어는 매우 투박한 느낌을 준다. 그러나 그가 부르는 독일어 발성의 느낌은 부드럽고 온화하다. 독일 가곡에서 그를 능가할 성악가는 그 전에도 없었고, 이후에도 나올 가능성이 대단히 희박하다.

인생을 살다가 길이 막혔다고 절망하면 안 된다. 포기하지만 않는다면, 분명 내가 가야할 길과 해야 할 일이 보인다. "하늘은 스스로 돕는 자를 돕는다."라는 말이 있다. 노력하지 않으면서 행운이 주어지기를 기대하면 안 된다. 살아 계신 하나님을 믿는 사람들은, 믿기에 더욱 부지런히 움직여야 한다.

믿음이란 나는 놀고 하나님께 다 맡기는 것이 아니다. 믿으며 동시에 행하는 것이 정상적인 믿음생활이다. 그러므로 믿음은 '명사'가 아니라 항상 '동사'이다. 우리가 믿고 행하면 하나님은 반드시 이루어 주신다. 이것은 세상 사람들이 말하는 행운이 아니다. 믿고 행하는 자에게 주시는 하나님의 축복이다.

율곡 이이의 자경문(自警文)

조선 시대 최고의 성리학자 중 한 분인 율곡 이이(李珥) 선생은 금강산에서 수련 후, 20세가 되던 해에 좌우명을 정했다. 스스로 경계하는 글이라는 11개 항의 자경문(自警文)은 오늘 우리에게도 많은 교훈을 시사하고 있다.

1. 입지(立志) - 큰 뜻을 마음에 품는다. 큰 위인을 본받고자하는 큰 뜻이 있어야 한다.

2. 과언(寡言) - 말을 적게 한다. 마음을 안정시켜야 뜻을 이룰 수 있는데, 그 열쇠는 말을 적게 하는 것이다.

3. 정심(定心) - 마음을 정돈한다. 욕심과 허망한 일에 대한 잡념이 가득하면 뜻을 이룰 수 없다. 잡념이 들 때 끊어야겠다는 조급한 마음이 또 다른 불안을 야기한다. 정신을 수련하여 집착을 끊어버려야 마음이 정돈될 수 있다.

4. 근독(謹獨) - 홀로 있을 때를 삼간다. 일체의 나쁜 생각들은 홀로 있다는 생각에서 비롯된다. 경계하여 홀로 있다는 생각을

수련하면 게으름이 없어지고 나쁜 생각을 멀리 할 수 있다.

5. 독서(讀書) – 일의 분간을 위하여 글을 읽는다. 글을 읽는 이유는 옳고 그름을 분간하고 일을 할 때에 적용하기 위해서다. 글만을 위한 독서는 쓸모없는 학문이다.

6. 소제욕심(掃除慾心) – 일을 처리함에 있어 편리하게 하려는 마음을 버린다. 재물이나 명예를 이롭게 여기는 마음을 경계함 같이, 일을 처리함에 있어서도 쉽고 편리함만을 추구하는 것은 또 다른 이로움을 탐하는 것이다.

7. 진성(盡誠) – 해야 할 일은 정성을 다해서 한다. 내가 반드시 할 일이라면 싫어하거나 게으름을 피워서는 안 된다. 그리고 아니할 일이라면 확실히 절제하여 마음에 갈등이 없어야 한다.

8. 정의지심(正義之心) – 정의로운 마음을 가진다. 불의와 무고한 사람의 희생으로 천하를 얻는 일을 절대로 하지 않는다.

9. 감화(感化) – 다른 사람이 내게 악을 행하면 스스로 돌이켜 반성하고 그를 감화시키려고 해야 한다. 다른 이의 잘못은 나의 성의가 미진하기 때문이다.

10. 수면(睡眠) – 밤에 잠을 자거나 병이 있어 눕는 경우가 아니라면 바로 앉아 생활하라. 한밤중이라도 졸리지 않으면 눕지 말라. 눈꺼풀이 내리 누르거든 걸어 다니며 마음을 깨어있게 하라.

11. 용공지효(用功之效) – 공부의 효과를 빨리 얻으려고 하지 않는다. 공부는 죽을 때까지 하는 것이다. 그리고 그 효과를 빨리 얻고자 하는 것은 이익을 탐하는 마음이니 경계해야 한다.

퇴계 이황을 생각한다

조선 시대 최고의 성리학자 퇴계 이황은 과거 급제 후 여러 관직에 있었지만, 1545년의 을사사화로 말미암아 관직을 박탈당하고 억울한 옥살이를 한 후에는, 출세를 마다하고 낙향하여 주로 학문연구와 제자 양성에 힘을 쏟았다. 당시 조정에서는 그의 사람됨과 학문의 탁월함을 인정하여 여러 번 관직을 권하였는데, 그는 왕의 청에 할 수 없이 응했다가도 다시 낙향하기를 반복하였다. 그는 사직원에서 병이나 노쇠함을 핑계로, 또는 스스로의 재능이 부족하고 능력이 없음을 이유로 관직을 사퇴하고 물러나곤 하였다.

그러나 퇴계는 세상을 저주하거나 비난하기 보다는 스스로의 부덕과 학문 없음을 자책하는 태도를 보임으로 오늘을 사는 우리에게 큰 귀감이 되고 있다.

"일찍이 내가 이상하게 생각한 것은, 우리나라에는 선비로서 뜻이 있고 의로움을 추구하는 사람은 대부분 화를 당했다는 사실이다. 이는 우리나라의 땅이 좁고 인심이 박한 까닭이기도 하지만,

한편 생각하면 스스로의 행실이 부족함에도 원인이 있을 것이다. 부족하다는 것은 다른 것이 아니라 학문적으로 이루지 못하였음에도 높은 경지에 이른 것처럼 자처한 것이며, 때를 분간하지 못하고 세상의 경륜을 피력하여 실패를 자초한 것이다. 큰 자리에서 큰일을 맡고 있는 자들은 이 점을 주의하고 경계해야 한다.”

오늘 대한민국의 현실을 보면 정의가 살아 있지 못한 것 같다. 법 앞에 법관들이 겸손하지 못하고 자신의 정치적, 이념적 성향에 따라 마음대로 판결하는 오만함을 보인다. 정치권은 대선과 총선 등 선거철만 되면 여야를 가릴 것 없이 모두 제정신이 아니다. 국가를 위한 애국심은 없이 오로지 권력을 잡는데만 혈안이 되어 표심 공략을 위한 선심성 공세를 퍼붓고 있다. 국가의 장래를 생각하지 않는 여론몰이를 위한 선심성 정책의 경쟁적 발표 속에서 여야의 색깔이 비슷해지고, 언론의 방향성에 좌우가 없고, 포퓰리즘으로 인한 찬반(贊反) 토론이 무색해지면서 민주주의는 서서히 종말을 향해가는 느낌이다.

이 시대의 퇴계의 모습이 곳곳에 보이고 있다. 현명하고 뜻있는 사람들이 모두 낙향하는 마음으로 권력과 거리를 두고 정치에서 발을 빼고 있는 오늘의 현실은 퇴계 선생의 때와 다르지 않다. 바른 소리가 존중되지 못하기 때문이다. 자격 없는 자들의 권력남용과 오기의 목소리가 공해처럼 가득하다. 그러나 누구를 탓할 것인가? 모두가 ‘나’의 부덕의 소치인 것을!

이어령 박사의 '지성에서 영성으로'

    평생을 무신론자로 자처하며 불교와 유교에 심취하여 살아온 이어령 박사가 2007년 7월 24일 동경에서 열린 온누리교회의 일본 선교 프로그램인 '러브소나타' 기간 중에 하용조 목사에게 세례를 받았다. 다 아는 대로 이어령 박사는 문학평론가와 작가, 교수로 대한민국의 지성을 대표하는 사람이다. 초대 문화부장관을 역임하고 대한민국예술원 회원으로 세계에 자랑할 만한 우리 시대 최고의 지성인 그가 돌연 무릎을 꿇고 세례를 받는 일이 결코 쉽지는 않았을 것이다.

    이어령 박사는 예수 믿고 세례 받을 때의 상황과 심경을 그의 책 〈지성에서 영성으로〉에 다음과 같이 밝히고 있다.

    "그렇게 많은 사람 앞인데도 나는 눈물을 흘렸습니다. 보통 때 같았으면 부끄러워서 몰래 숨겼을 눈물을 그냥 쏟았습니다. 왜 울까, 슬픔인가 감동인가 회개인가, 혹은 감사인가, 모릅니다. 지금도 모릅니다. 그러나 어렸을 때 싸움을 하다 코피가 터졌을 때도 울지 않던 아이가 누군가 옆에서 역성을 들어주거나 편을 들어주며 관심을 보여 주면 그 순간 왕하고 울음이 터지지요. 꼭 그런 거였어요. 혼자 싸워왔는데 주님께서 내 편을 들어 주시면서 흙투성이가 된 옷을 털어 주시고 깨진 무릎을 입김으로 호호 불어 주시는 것 같았지요."(지성에서 영성으로, 열림원, 142쪽)

이어령 박사가 예수를 믿고 세례를 받은 사건이 매스컴을 통하여 보도되면서 한국교회 전체의 축제가 되었다. 이 박사의 세례 사건은 그동안 여러 가지 부정적인 여론에 의하여 수세에 몰리던 기독교가 반전의 기회를 얻은 것과 같은 효과를 나타내었다. 더구나 이어령 박사의 책 〈지성에서 영성으로〉는 세간의 화제가 되고 있다. 이 책은 기독교인뿐만 아니라 불신자들의 마음에도 감동을 주면서 수십만 명에게 복음을 심는 또 다른 전도의 도구가 되고 있다.

이 책은 가슴 뭉클한 간증집도 아니고 기적을 과대포장하려는 의도도 보이지 않는다. 진솔한 자연인으로 돌아온 한 저명인사의 화장기 없는 맨얼굴로의 신앙고백이다.

전에는 관심도 없었던 성경이 솔솔 의심 없이 믿어지는 재미에 사는 이 초신자의 마음으로 돌아간다면, 싸움도 미움도 전쟁도 없는 아름다운 신앙인의 모습이 될 것이다.

한경직 목사 식 해법

　한경직 목사는 온 교계가 우러러보는 큰 스승이시다. 그가 한 번은 교회 제직회를 마쳤는데, 어떤 집사 한 분이 대단히 노한 듯이 목사님을 찾아와서 따졌다. "목사님, 무슨 사회를 그런 식으로 봅니까? 목사님, 오늘 회의 결정은 잘못되었습니다." 이때 한 목사님은 그 집사에게 조용히 하고 좀 앉으라고 하였다. 그리고 이렇게 말하였다. "집사님 말씀을 듣고 보니 참 옳으십니다. 집사님, 저는 부족한 것이 많은 사람입니다. 집사님이 아는 것보다 훨씬 더 부족한 사람입니다. 집사님, 저를 위해서 기도해 주세요."하고 눈을 감았다. 한참이 지나도 기도가 시작되지 않아서 눈을 떠 보니, 그 집사는 온데간데없이 사라져 버렸다. 그 후 그 집사는 한 목사님의 인격에 감동되어 충성스런 교인이 되었다고 한다.

　세상에는 용장(勇將)과 지장(智將)과 덕장(德將)이 있다. 아무리 힘이 장사인 사람도 지혜와 지식 앞에 당하지 못하고, 아무리 아는 것이 많고 술수에 능해도 덕스러움을 이기지 못한다. 교회 분쟁의 대부분은 덕(德)이 없을 때 일어난다. 덕(德)이 없는 용(勇)과 지(智)는 사랑에서 비롯된 것이 아니기 때문이다. 고린도전서 8장 1절에 "지식은 교만하게 하며 사랑은 덕을 세우나니…"라고 하였다. 덕은 사랑의 마음을 가질 때 세울 수 있다. 그리고 덕을 소유할 때 힘자랑, 세(勢) 과시, 편 가르기를 줄일 수 있다.

또한 덕을 앞세워야 나의 지식과 지혜가 다른 사람에게 상처를 주지 않을 수 있으며, 그것이 권모술수로 이어지지 않는다. 덕(德)이 바탕에 깔린 사람의 용(勇)과 지(智)는 아름다우며 사랑을 성취한다. 성경의 가르침대로 용(勇)과 지(智)는 덕(德)을 바탕으로 할 것이요, 그 덕은 결국 사랑을 이루어야 할 것이다.

베드로 사도는 권면하기를, "이러므로 너희가 더욱 힘써 너희 믿음에 덕을, 덕에 지식을, 지식에 절제를, 절제에 인내를, 인내에 경건을, 경건에 형제 우애를, 형제 우애에 사랑을 더하라"(벧후1:5-7)고 한다. 덕이 사랑의 옷을 입을 때 한국교회는 상생(相生)의 정치를 구현할 수 있다. 그리고 그것만이 진정한 승리이다. 내가 이기기 위해 상대가 불행해지기를 바라는 것은 덕장(德將)의 마음이 아니며 예수님의 정신도 아니다.

도널드 맥가브란

세계적인 교회성장학자인 도널드 맥가브란(Donald McGavran)은 우리나라에도 잘 알려진 인물이다. 그는 인도 주재 선교사의 아들로 태어나 미국 예일 대학과 인디애나 대학에서 공부한 후에, 다시 인도로 가서 선교사역을 충실히 감당하였다. 그 후 그는 아프리카의 교회들도 방문하면서 선교에 대한 실제적 경험과 이론을 확립하여 1955년 〈하나님의 다리〉(The Bridges of God)라는 책을 출판하였다.

그는 잠시 미국에서 휴가를 보낸 뒤에 세계 각국의 교회들을 방문하면서 더 다양한 교회성장을 연구하였고, 그 경험을 바탕으로 〈교회는 어떻게 성장하는가〉(How Church Grow)라는 책을 출판하였다. 이 책은 세계적으로 큰 호응을 얻었고, 그는 세계 각지의 교회로부터 교회성장에 대한 강연을 요청받아 바쁜 나날을 보냈다. 그는 1965년부터 훌러신학대학 선교대학원 학장을 맡으면서 많은 제자들을 양성하였는데, 우리가 잘 아는 피터 와그너(Peter

Wagner)도 그의 제자이다.

맥가브란은 평생을 바쁜 일정 속에서도 성경을 가까이 하여 암송하고 묵상하는 일을 게을리 하지 않았다. 1990년에 92세의 나이로 소천하였는데, 그는 죽을 때 시편, 요한복음, 로마서 같은 성경을 영어와 힌두어로 암송하면서 임종했다고 한다. 그가 말씀을 사모하면서 학자로 활동하였기에, 그의 이론은 진정으로 교회를 살리고 선교에 큰 효과가 있는 학설이 되었던 것이다.

우리는 매년 너무 바쁘게 한 해를 보내고 새해를 맞는다. 돌이켜보면 교회정치에 바빴고, 각종 모임에 얼굴 내보이기에 바빴고, 설교준비하기에 바빴고, 회의하기에 바빴고, 여행 다니기에 바빴다. 싸우기에 바빴고, 편을 만들고 모함하기에 바빴고, 인기관리에 바빴고, 밥 먹으러 다니기에 바빴고, 운동하기에 바빴다.

하나님의 말씀은 가까이 하지 못한 채 헛된 일로 세월을 보내고 있는 것이다. 교회 지도자들이나 학자들이 성경을 가슴에 품지 못했고, 하나님의 말씀을 사랑하여 암송하지 못했기에 교회는 성장하지 못하고, 갈등은 해결될 기미가 보이지 않고, 신학이론은 공허한 말장난이 되고 있는 것이 아닌가?

우리는 임종할 때 맥가브란처럼 성경 한 부분이라도 암송하면서 세상을 떠날 자신이 있는가? 이제 새로운 각오와 마음으로 성경말씀을 가까이 하며 하나님의 뜻을 받들어 실천할 때이다.

마르다 그레이엄

"절대 용납할 수 없는 것은 평범함이다. 자기 계발을 하지 않아 평범해진다는 것은 죄악이다. 사명감으로 사는 사람들은 평범해질 틈이 없다." 20세기 현대 무용을 개척한 천재 무용가 마르다(마사) 그레이엄(Martha Graham)의 말이다. 그녀는 그림의 피카소나 음악의 스트라빈스키와 어깨를 나란히 하는 현대무용의 거장이다. 그레이엄은 평생에 독무(獨舞)와 군무(群舞)를 합하여 200편이 넘는 작품을 발표하였고, 수많은 제자들을 길러내어 세계적인 명성을 얻었다.

마르다 그레이엄은 1894년 미국 피츠버그의 작은 마을에서 태어났다. 아버지는 정신과 의사였고 어머니는 청교도의 후손으로 깊은 신앙심의 소유자였다. 마르다는 무용을 하고 싶었으나 아버지의 반대로 미루다가, 17살의 늦은 나이에 '데니숀무용학교' (Denishawn School of Dancing and Related Arts)에 들어가 무용을 시작하였다. 그녀는 특유의 승부욕과 끈기를 가지고 연습하여 '데

니숀무용단'의 주연으로 활동하였고, 1926년에는 '마르다 그레이엄 무용단'을 창단하여 본격적인 자신의 세계를 개척해 나갔다.

그녀는 아름다운 동작만을 추구하던 무용의 세계에 가난한 노동자, 이교도, 원주민 등의 소재를 끌어들이면서 격렬한 동작과 반항적인 몸짓을 선보였고, 단순한 동작으로서의 무용이 아닌 미술과 음악, 연기를 포함한 종합예술로서의 무용이라는 업그레이드된 예술의 장을 개척하였다. 마르다는 인간의 내면에 있는 고통이나 불안, 또는 사회정의 등의 추상적이고 정신적인 것을 몸으로 표현하고 동작으로 엮어냈다. 무용이 보는 예술에서 생각하는 예술로 변신하게 된 것이다.

그녀는 '세계로의 편지'(1940), '애팔래치아의 봄'(1944), '천사의 유희'(1948) '어느 무용가의 세계'(1957), '밤의 여로(旅路)'(1960) 등 수많은 명작을 발표하였다. 그리고 호킨스(Erick Hawkins)와 머스 커닝햄(Merce Cunningham) 등 쟁쟁한 제자들을 배출시켰다.

평범함이란 목표가 없는 소극적인 삶 속에 안주해 버리는 것이다. 다시 한 번 사명감으로 삶을 조명할 때이다. 하나님께서 목적이 계셔서 나를 살려 두신 것이라는 생각 속에서, 사명을 깨닫고 평범함의 잠에서 깨어나야 한다. 사명감으로 사는 사람은 아름답다.

닮고 싶은 신앙인 박태준

"봄의 교향악이 울려 퍼지는/ 청라 언덕 위에 백합 필적에/ 나는 흰 나리꽃 향내 맡으며 너를 위해 노래, 노래 부른다/ 청라언덕과 같은 내 맘에 백합 같은 내 동무야/ 네가 내게서 피어날 적에 모든 슬픔이 사라진다."

가곡 '동무생각'은 박태준 선생이 22세에 이은상 시인의 시에 붙인 곡이다. 일제의 암울한 시절 조국을 사랑하는 마음으로 지은 이 가곡은 순식간에 온 국민에게 사랑받는 노래가 되었다.

박태준은 한국교회와 사회를 위해 음악가로서 큰 공을 세우고 헌신하였으나 자신의 이름을 드러내는 일에는 관심이 없었던 인물이다.

박태준은 동요도 많이 작곡했다. 그가 1920년에 작곡하여 발표한 '기러기'라는 동요, "울 밑에 귀뚜라미 우는 달밤에/ 길을 잃은 기러기 날아갑니다/ 가도 가도 끝없는 넓은 하늘로/ 엄마 엄마 찾으며 날아갑니다."는 최초의 근대 동요다. 그런데 1926년에 발행

된 윤극영의 동요작곡집 '반달'이 인기를 끌면서, 이 책에 포함된 윤극영의 1924년 작품 '고드름' (고드름 고드름 수정 고드름)이 최초의 동요로 알려지게 된 것이다. 박태준은 생전에 이에 대하여 이의를 제기하지 않았으나, 이제라도 역사는 바로 잡아야 한다.

그의 작품 중에 '오빠생각' (뜸북뜸북 뜸북새) 역시 온 국민의 사랑을 받는 동요이다. 찬송가에도 '나 이제 주님의 새 생명 얻은 몸'을 비롯하여 주옥같은 작품들이 여럿 남아 있다. 그러나 자신을 드러내지 않았던 성품으로 인하여 그의 업적이 많이 알려지지 않아 아쉽다.

박태준은 1945년에 '한국오라토리오합창단'을 창단하여 한국에 오라토리오 '메시야'를 초연하는 업적을 세웠다. 그는 1948년부터 66년까지 연세대 교수로 봉직하면서 한국교회음악을 발전시키고 많은 후학을 길러냈다.

그는 남대문교회 성가대 지휘를 28년간이나 묵묵히 봉사하였다. 남대문교회는 그를 장로로 임직하려고 몇 번을 권유하였으나, 그는 한사코 거절하면서 끝내 집사로 은퇴하여 감동을 남겼다. 교회 직분이 명예직이 되어 버린 한국교회를 향하여, 그는 행동으로 교훈을 던진 큰 스승이라고 말할 수 있다. 그는 지인들에게 성자로 존경을 받았다. 그를 닮은 신앙인이 많아졌으면 좋겠다.

IV. 계절을 생각하며

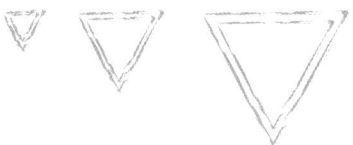

새해의 기원

새해에는 더욱 건강하게 하소서. 정신과 육신과 삶이 건강하여 하나님의 뜻을 이루게 하소서. 새해에는 더욱 영적으로 성장하게 하소서. 어린애 같은 소원이나 욕심을 버리고, 믿음의 장성한 분량에 이르러 주님의 기쁨이 되게 하소서.

새해에는 마음이 새로워지게 하소서. 지난날의 구습을 버리게 하시고, 새로운 미래를 맞이할 자격을 갖춘 새사람으로 거듭나게 하소서. 새해에는 시간을 좀 더 소중하게 여기고 아껴 쓸 줄 아는 지혜로운 사람이 되게 하소서. 덧없는 인생임을 깨닫고, 멀리 보고 크게 생각하고 넓은 행보를 걷는 한 해가 되게 하소서.

그리하여 세상에 드리워진 어두운 그림자들이 걷히게 하시고, 크고 밝은 새해의 빛이 만연하게 하소서. 당을 짓고 비방하고 미워하고 원수 맺는 일이 없게 하시고, 밝은 해와 같은 예수 그리스도의 온기가 온몸으로 느껴지는 한 해가 되게 하소서. 사랑의 쓰나미가 사탄의 계획과 술수를 모두 쓸어 엎어서, 하나님의 주권 안에 있는 새 하늘과 새 땅이 도래하게 하소서.

대통령과 함께 온 국민이 노력하여 대한민국이 건강한 나라가 되게 하소서. 계층 간 갈등이 사라지게 하시고, 빈부의 격차가 좁혀지게 하시고, 노사 문제에 평화가 깃들게 하시고, 경제가 살아나 모두가 잘사는 세상이 되게 하소서. 교육문제에 새로운 돌파구가 열려서, 든든한 반석 위에 나라의 백년대계가 서게 하소서. 흑색선전이나 비방 때문에 피해를 보는 사람이 없게 하시고, 상생의 정치가 꽃을 피우고 열매 맺게 하소서.

교회를 새롭게 하소서. 오직 복음만이 힘을 얻게 하시고, 교회가 그것으로 부흥하게 하소서. 교회가 민족의 희망이 되게 하소서. 교회의 정치가 모범이 되게 하시고, 교회의 선거가 정직해지게 하소서. 교회의 싸움이 사라지게 하시고, 명예욕으로 인한 자리다툼이 발붙이지 못하게 하소서. 그리하여 새해엔 교회가 민족의 정신적 지주로서의 권위와 위엄을 회복하게 하소서.

다시 맞는 새해

영국의 런던대학교(University of London) 교수인 제인 워들(Jane Wardle) 박사가 이끄는 연구팀은, 다음과 같이 재미있는 연구결과를 '유럽사회심리학저널'(European Journal of Social Psychology)에 발표한 바 있다. 사람들이 어떤 결심을 하고 그것이 습관화되려면 적어도 66일 이상 매일같이 반복하지 않으면 안 된다는 것이다. 가령 건강을 위하여 매일 저녁 30분씩 운동을 하겠다고 결심하였다면, 평균 66일 이상은 계속하여 식사 후에 운동화를 신고 바깥으로 나가야 그것이 습관으로 굳어져서, 그 다음부터는 저녁 식사만 하면 자연히 나가게 된다는 것이다. 그러면서 그는 습관으로 고착되기 가장 어려운 것이 식습관이라고 밝혔다. 식습관을 바꾸기 위해서는 더 많은 시간이 걸린다는 것이다.

그러니 우리나라 속담에 있는 '작심 3일'이 틀린 말이 아니다. 결심하고 겨우 3일 동안 해 봐야 그것이 습관이 될 수는 없는 것이다. 위의 연구 결과대로 한다면, 우리는 어떤 결심에 대하여 적어도 두 달 이상은 계속 반복하여 실천해야 할 것이다. 이제는 작심 3일이 아니라 작심 3개월이라고 바꾸어야 새해를 위한 결심이 습관화되어 열매를 맺게 될 것이다.

한 해 목표를 세울 때 주의할 점이 있다. 첫째로 목표를 너무 추상적으로 세우면 안 된다. 한 가지라도 자신이 실천할 수 있는 구체적인 목표를 세워야 실패하지 않는다. 둘째로 일 년이 길다고 생각하면 안 된다. 그런 생각은 자신을 한없이 게으르게 만들기 때문이다. 우리가 누릴 1년은 그리 긴 시간이 아니다.

세월이 빠르게 흘러가고 있다. 새해는 없고 벌써 헌 해가 되어가고 있다. 그리고 새로운 결심이 점점 무디어져가는 것을 보면서 우리는 스스로에 대한 기대감을 상실하고 있다. 지키지도 못할 여러 가지 결심을 했다가 실패하는 일을 반복할 필요는 없다. 이루지 못한 목표 때문에 스트레스를 받을 필요도 없다. 한 가지라도 좋으니 꼭 필요하다고 생각되는 목표를 세우고, 하겠다는 결심을 실행에 옮기는 것이 중요하다. 올해는 꼭 새로 결심한 목표를 이루어 새사람으로 주님을 섬겨야 하겠다.

불안의 시대를 사는 해법

'대망의 새해' 라는 말이 사라진 느낌이다. 도무지 그런 말을 할 분위기가 아니기 때문이다. 계속되는 불경기와, 희망 없는 정치판의 역겨움과, 날로 늘어나는 사회의 병적 현상들로 현재는 불안하고 미래는 회의적이다.

이러한 상태가 심화되면서 사람들은 점점 복잡한 것을 싫어하게 되었다. 저질 코미디가 늘어나고, 장편소설이나 철학서적, 역사서, 인물 전기까지도 만화가 점령하게 되었다. 현대인들에게는 내일에 대한 설계나 계획 같은 복잡한 생각은 안중에도 없다. 그저 임기응변적 생활이 습관화되고 있을 뿐이다.

돈 없으면 카드로 긁고, 기분 언짢으면 즉시 한 잔하고, 두통이 오면 당장 아스피린을 먹고, 쾌락의 기회가 찾아오면 앞뒤 가릴 것 없이 몰입한다. 그래서 '현대인은 하루 분의 흥분제를 흡입하고 이에 상쇄할만한 진정제를 투약하며 하루하루를 사는 정신병자' 라는 말이 생겨났다.

우리의 현재는 안주할 곳이 없는 흔들리는 배와 같은 모습이다. 그러나 흔들리는 배 안에서도 무엇인가를 잡으면 넘어지지 않는다. 불안과 혼돈의 뱃멀미 속에서 현대인들이 붙잡아야 하는 것이 무엇인가? 그것은 바로 아름다운 전통과, 사회저변의 윤리와, 뿌리 깊은 가치관과, 변치 않는 하나님의 말씀과, 굳건했던 조상들의 믿음이다.

오늘날 한국사회의 질병들은 개혁 만능주의에서 온 것이다. 개혁은 잘 하면 보약일 수 있으나, 지나치면 독약이 되어 한 사회를 송두리째 파멸로 몰아간다.

이제 한국이 사는 길은 개혁의 속도를 적당히 늦추고, 세대 간에 서로의 얼굴을 마주보며 한 민족임을 확인하는 것이다. 우리에게 전승된 전통과 믿음을 구세대의 것이라고 내몰지 말고 존중하여야 한다. 전승의 맥을 살려 새로운 가치관을 형성해 나가고, 중용의 자세를 견지하여야 한다.

설의 신앙

"까치 까치 설날은 어저께고요/ 우리 우리 설날은 오늘이래요."
설날이 되면 윤극영 선생의 동요가 정겹게 들리곤 한다. 본래 설날
과 설은 다른 의미로 쓰였다. 설날은 정월 초하루를 가리키는 말이
고, 설은 동지로부터 대보름까지의 기간을 일컫는 말이다. 설의 기
간을 좀 더 정리하여 설명하자면, 음력 정월 초하루를 중심으로 하
여 그 전은 동지가 있고, 그 후는 대보름이 있다. 이를 기독교의 성
부, 성자, 성령의 절기로 비교해 보는 것도 의미가 있을 것이다.

정월 초하루는 정초, 원단, 세초(歲初)라고도 불렀다. 이는 태초
에 천지를 창조하신 하나님을 연상시키는 절기이다. 동지는 다른
말로 아세(亞歲)라고도 하였다. 즉 작은설이라는 말이다. 낮이 길어
지기 시작하는 이날에 로마에서는 태양신 축제가 행해졌고, 이것
이 예수 탄생의 축제일인 크리스마스가 되었으니 이는 예수님과
연관시킬 수 있는 절기이다. 대보름은 달이 완전히 찬 상태이다.
이날은 잡귀를 쫓는 목적으로 불놀이를 한다. 마귀의 세력을 몰아

내는 성령의 불이 연상되는 절기이다.

설에는 새 옷을 입는다. 우리의 신앙적 결단도 새로워져서 새로운 다짐으로 한 해를 시작해 보자. 설에는 덕담을 주고받는다. 우리의 입술에 축복과 격려의 언어가 많아지는 절기가 되면 얼마나 좋을까! 설에는 연날리기를 한다. 그 연에 送惡迎福(송악영복)이라고 써서 사악한 것을 멀리 보내고 복을 기원하곤 하였다. 이 풍습처럼 우리도 악한 습관과 생각을 버리고 신령한 복을 사모하면 좋겠다.

설에는 윷놀이를 한다. 윷놀이는 뜻과 지혜와 마음을 모을 때 이길 수 있다. 믿는 성도들이 함께 힘과 지혜를 모으고 서로 합력할 때 승리의 삶이 보장된다. 설에는 세배를 한다. 세배는 예배의 의미를 담고 있는 풍습이다. 예배(아바드)라는 말의 어원은 '엎드리다' 라는 뜻이다. 매일 하나님께 엎드려 경배하는 마음으로 살 것을 다짐해 보자.

설에는 널뛰기를 한다. 널뛰기를 할 때, 올라갈 때가 있으면 내려갈 때가 있다. 인생도 올라갈 때가 있으면 내려갈 때도 있다는 것을 깨닫자. 설에는 팽이치기를 한다. 팽이가 살려면 매를 맞아야 한다. 고난이 주는 의미를 믿음 안에서 해석하고 감사할 줄 아는 신앙을 소유하면 좋겠다.

고유 명절인 설이 곧 다가온다. 설이 주는 교훈대로 살아 보면 어떨까?

사순절에 생각하는 경건

사순절이 시작되었다. 해마다 사순절이 되면 생각나는 이야기가 있다. 뉴욕에 사는 어떤 신부님이 밤에 맨하탄의 어느 길을 걸어가고 있었다. 맨하탄의 밤길은 위험하기 짝이 없다. 아니나 다를까 강도를 만났다. 강도가 가진 것 모두 내놓으라고 총으로 위협하였다. 신부님은 주머니를 뒤적거려 보더니 이렇게 말하였다. "나는 지금 돈도 없고 시계도 차고 나오지 않았습니다. 내 주머니에는 지금 담배 한 갑밖에 없는데 이거라도 필요하면 가져가십시오." 하면서 담뱃갑을 건네주려고 하였다. 그랬더니 그 강도가 하는 말이 "신부님은 사순절에도 담배를 피우십니까? 나는 사순절에는 담배를 피우지 않습니다." 라고 하며 그냥 가 버렸다는 이야기다.

이 이야기는 내가 오래 전에 뉴욕에 있을 때 TV에서 들은 것으로, 사순절이 되면 한 번 더 생각해 보게 된다. 오늘 한국교회의 모습이 이 강도의 태도와 같지 않은지 심히 걱정스럽다. 담배도 피지 않고 술도 마시지 않는다. 새벽기도도 열심히 하고 성경도 많이 본다. 그러나 세상이 존경하고 부러워할 만한 그리스도의 몸된 교회로서의 모습과 권위는 찾아보기가 어렵다.

이 사순절에 교회는 무엇을 강조해야 할 것인가? 경건의 모양과 더불어 경건의 능력을 회복하는 일이 중요하다. 담배도 피지 말아야 하겠지만 교회답지 않은 교회의 모습을 반성하고 회개해야 사순절이 의미가 있다.

이를 위하여 필요한 것은 사순절 경건의식을 정착시키는 일이다. 한국교회는 경건의 모양도 없고, 경건의 능력도 없다. 그저 문턱을 낮춘다는 명분으로 종교로서의 품위를 지키지 못하고 세상과 야합하고 말았다. 그 결과 교회는 종교로서의 신비성을 상실하였다. 교회는 세상의 집단과 방불하게 되었고, 세상은 교회를 귀하게 여기지 않고 무시하고 함부로 폄하하는 일을 일삼고 있다.

경건의 능력을 회복하기 위해서는 경건의 모양부터 바로잡아야 한다. 경건의 모양을 가다듬는 훈련을 통하여 기독교는 흐트러졌던 자세와 잘못된 모습을 반성할 수 있다. 정장을 입으면 품위 있게 행동하게 되는 것과 마찬가지이다. 즉 경건의 능력을 회복하기 위하여 경건의 모양새부터 갖추어야 한다. 학생이 공부를 하기 위해서는 책상에 앉는 훈련부터 해야 하는 것과 같다. 몸과 마음은 따로 노는 것이 아니다.

사순절에는 특별한 영성회복이 삶의 문화와 더불어 강조되어야 한다. 이를 통하여 경건의 모양을 갖추며 경건의 능력이 회복되기를 기대해 본다.

고난주간 보내기

교회절기 중 가장 엄숙한 기간은 고난주간이다. 교회 예배 전통에서, 고난주간의 월요일, 화요일, 수요일은 예배의식을 특별히 하면서 주님의 고난에 동참하는 하루하루를 보냈다. 특히 수요일은 가룟 유다의 배반의 날로 생각했다.

고난주간의 목요일은 성 목요일(聖木曜日)로 불린다. 이날엔 예수님이 최후의 성만찬 의식을 베푸셨고, 제자들의 발을 씻겨 주는 세족의식을 행하셨다. 그래서 세족 목요일(Maundy Thursday)이라는 이름이 붙여졌는데, 이는 동방교회의 풍습이 되었다. 이 세족례(洗足禮)는 암브로시우스가 대주교로 있었던 서방의 밀라노 교회에도 있었다고 하는데, 다른 서방교회에서는 보편화되지 않았고, 중세에 들어와서는 그 자취를 감추게 된다.

일반 회중들은 성 목요일을 녹색 목요일(독일어: Gründonnerstag)이라고 불렀다. 그 유래에 대하여는 의견이 분분한데, 고난주간의 참회자들이 교회당의 나무 색깔을 보고 신선한 충동을 느껴 그렇게 불렀다고도 하며, 혹은 이날 병마를 막기 위하여 먹는 녹색의 약초에서 유래된 것이라고도 말한다.

성(聖) 금요일(독일어: Karfreitag, 영어: Good Friday)은 예수님이 십자가에 달리신 날이다. 이날에는 모든 교회가 금식을 선포했다. 교회는 종을 울리지 않았으며, 제단에 검정색의 천을 드리웠다. 이 날 고대교회는 예배 자체를 금하였고 교회당 문도 열지 않았다. 또 예수님의 장례식을 재현하는 의식이 생겨나게 되었다. 중세교회의 예배는 성만찬 없는 성경낭독, 오르간 연주 없는 찬송과 기도로 진행되었다.

성 토요일(독일어: Karsamstag, 영어: Holy Saturday)은 부활절 토요일이라고도 부른다. 동방정교회에서는 이날을 '대(大)안식일'이라 하여 성 금요일보다 더 비중을 두기도 한다. 이날은 금식과 철야로 그리스도의 죽음을 애도하며 부활을 예비하는 마음으로 보냈다.

교회는 고난주간의 성 목요일, 성 금요일, 성 토요일을 모두 동일하게 의미 있는 날로 지켰다. 그런데 유럽 사회가 점차 성 금요일만 휴일로 선포하면서, 성 금요일이 다른 날들보다 의미 있는 날로 지켜지게 되었다.

고난주간이 다가오고 있다. 올해는 고난주간의 의미를 새기면서 하루하루를 경건하게 보내면 좋겠다.

부활을 기다리는 묵상

기다림이 고독이 되어버린 긴긴 공허함의 터널을 지나 이제 사순절의 끝이 다가옵니다. 당신의 십자가를 생각하면 땅이 꺼지는 슬픔으로 가득하지만, 이제 부활을 기대하는 하늘 같은 희망이 있어 행복합니다.

당신의 십자가의 죽음과 부활을 생각하면 세상에 속한 욕심을 버릴 수 있습니다. 매일의 고난과 역경의 의미가 축소되어 버립니다. 그리고 당신의 십자가의 사랑은 우리를 헌신과 충성 속에서 행복하게 만듭니다.

당신의 손과 발의 못 자국 앞에서 세상의 부귀도 명예도 재해석되어 우리 마음의 한 구석에 정리됩니다. 찰거머리 같은 고질병들이 당신의 피에 의해 치유되고, 우리는 영육 간에 자유함을 얻습니다. 이것이 당신이 말씀하신 진리 안에서의 자유인가 봅니다.

아무 것도 없으나 모든 것을 가진 풍요함, 답답한 일이 있기는 하나 좌절하지 않는 인내, 사방으로 우겨쌈을 당하여도 결코 포로가 되지 않는 긍정의 생각, 이 하나하나가 당신의 십자가로 보증하신 사랑 때문입니다.

사랑만 있으면 내일 일도 걱정하지 않을 수 있습니다. 당신의 사랑의 십자가는 오늘 우리의 광야 생활에 불기둥과 구름기둥입니다. 그 옛날 이스라엘 백성들은 불기둥과 구름기둥을 보면서도, 왜 그리도 불평이 많고 싸움이 많고 만족이 없었는지 이해가 되질 않습니다. 그러나 생각해 보면 그들이 오늘을 사는 우리의 모습이 아니겠습니까?

우리도 지난날 감사보다 불평이 더 많았으니 어찌된 일입니까? 사랑을 받은 자로서의 후한 마음은 어디가고, 매일 싸우고 고함치고 고소하고 죽이는 일만 했으니, 우리는 당신의 눈에 이해할 수 없는 존재들입니다.

이제 점점 다가오는 부활의 빛을 우리의 마음속에 담을 수 있겠습니까? 그 부활의 기운에 휩쓸려 우리의 마음이 환해지고 온유해지고 화목해질 수 있겠습니까? 부활 잔치에 예복이 없어 쫓겨남을 당하지는 않을지 걱정입니다.

이 모습 이대로 받아달라고 하기에는 너무도 염치가 없고 부끄럽습니다. 그래도 우리 모두가 당신의 부활을 기대하고 환영하고 기뻐합니다. 당신의 부활 때문에 가슴이 설렙니다. 당신의 부활은 신비 그 자체입니다. 오늘 우리의 삶의 이유이고 결론입니다.

새봄의 부활

새것은 항상 신선한 아름다움을 선물한다. 새해의 해돋이는 의미가 남다르다. 새해의 기대와 설렘을 가득 담고 솟아오르는 해덩이의 모습을 보려고 매년 수만 명의 인파가 동해안을 찾는다. 새로 태어난 아가의 모습은 아름다움의 극치이다. 사람이 아무리 화장을 해도 아가의 아름다움을 따르지 못한다.

그런가 하면 겨우내 죽어 있던 나뭇가지에서 새봄의 싹이 나서 새순이 돋는 모습은 너무나 아름답고 신선하다. 그 연푸름의 색깔은 세상의 어떤 화가도 절대로 모방할 수 없는 하나님의 작품이다.

전도서에 보면 "해 아래 새것이 없나니 무엇을 가리켜 이르기를 보라 이것이 새것이라 할 것이 있으랴. 우리 오래 전 세대에도 이미 있었느니라."(전 1:9,10)라는 말씀이 있다. 새로운 이론이나 학설도 그 근원을 물어 올라가면 다 예전에 있던 것이었다. 새로운 유행도 모두 옛것의 변형일 뿐이다.

진부한 것이 새로운 생명력을 가지려면 죽음과 부활의 과정을 거쳐야 한다. 해는 저물어서 다시 떠야 새해가 된다. 북극처럼 해가 지는 듯 하다가 다시 솟아오르는 지역에서는 새로운 해란 없다. 나뭇가지의 새순은 잎사귀가 다 떨어졌다가, 죽음 같은 겨울을 지내고 다시 움이 트기에 새롭고 아름답다. 소나무는 언제나 푸르르기에 새봄에 피어나는 새순의 신선함이 반감된다.

언제나 태양만 비추면 사막을 만든다는 말이 있다. 인생의 고난과 질병과 죽음 직전의 경험들은 인간을 새롭게 만들 수 있다. 성경은 그리스도와 함께 죽고 새로운 생명을 얻은 자들을 가리켜 '새로운 피조물' 이라 한다. 사도바울은 "나는 매일 죽노라."는 고백을 통하여 늘 새롭고 신선하고 아름다운 신앙을 소유하며 살았기에, 최고의 사도로서 활동하면서 처음 믿음과 순수함을 잃지 않았다.

이제 다시 고난과 죽음을 지나 부활의 아침이 다가오고 있다. 아직 죽어야 할 것이 이리도 많은데 속절없이 고난주간이 지나가고 있다. 부활절 행사에 골몰하여 죽는 훈련이 없으니 부활절 아침에 감격이 없고 변화가 없다. 그리스도와 함께 죽고 함께 부활하는 사람은 아름다운 신앙인격과 순수한 믿음의 사람으로 변모될 것이다. 새봄에 돋는 새순처럼 예전의 내가 죽고 부활의 새 생명으로 다시 개조될 수 있다면, 교회와 사회가 조금은 더 아름다워질 것이다.

아름다운 5월에

"아름다운 5월이 오면 꽃이 활짝 필 때에/ 내 가슴에 사랑도 깊이 타오르네/ 빛나는 5월이 오고 새들도 노래할 때/ 내 마음도 그대에게 사랑을 노래하리." 5월이 오면 조용히 음미하며 감상하는 노래가 있다. 슈만의 연가곡 '시인의 사랑'(Dichterliebe) 중의 첫 번째 곡 '아름다운 5월에'(Im wunderschönen Monat Mai)의 가사이다.

5월은 사랑의 계절이다. 어린이를 사랑하고 어버이를 사랑하고 스승을 사랑하는 계절이다. 그리고 5·16, 5·18 등의 역사를 돌아보며 민족을 사랑하는 계절이다. 부활절, 예수 승천일, 성령강림절, 삼위일체주일 등을 보내며 주님 사랑을 생각하는 계절이다. 사랑을 느껴야 할 계절이고 사랑이 무르익어 가는 절기이다.

5월은 계절의 여왕이라는 말이 생겨났다. 그래서 그런지 5월에는 유난히 결혼식도 많다. 5월의 신부라는 말도 있다. 꽃들도 나무도 사랑의 옷을 화려하게 입고 있다. 새들도 짐승들도 물고기도 사랑을 노래하며 산란하는 호시절이다. 시인들도 덩달아 자연으로부터 영감을 얻어 5월의 시를 쏟아 놓았다. 노천명의 '푸른 오월', 김영랑의 '오월'이라는 시도 있다. 5월에는 각 대학마다 축제가 열리며, 사랑과 화합의 한마당이 펼쳐진다.

교회도 유독 5월에 사랑에 대한 설교가 많고 사랑을 나누는 행사가 다양하다. 그런데 5월에 우리의 모습은 아름다운가? 정말 사랑이 깊어져 미움을 이기고, 저주의 언어가 사랑의 언어로 바뀌는 기적이 일어나고 있는가?

5월이 다 가기 전에 사랑을 노래하자. 이제 그만 분쟁을 그치고 사랑 좀 해 보면 어떠한가? 5월의 분위기에 젖어서, 마지못해서라도 좀 지는 척하며 사랑의 제스처를 보이면 안 되겠나? 삼라만상 천지가 다 웃고 있는데 나만 화난 얼굴로 있으면 되겠는가? 천상천하가 다 노래하고 있는데 인간들만 거친 언어를 그대로 입에 담고 남에게 상처를 주고 있으면 되겠는가?

우리 모두 함께 웃고 함께 노래하고 함께 사랑을 나누라고 주신 5월의 기회를 놓치지 말자. 그리고 떳떳하게 찬송하자. "주여! 나를 평화의 도구로 써 주소서. 미움이 있는 곳에 사랑을, 상처가 있는 곳에 용서를, 분열이 있는 곳에 일치를, 의혹이 있는 곳이 믿음을 심게 하소서. 나를 평화의 도구로 써 주소서."

봄이 가고 여름이 오고 있다

5월 들어 따스해지나 싶을 때 추위가 몰아쳤다. 그리고 5월 내내 해가 지면 한기를 느껴야 했던 이상한 봄이 여전히 자리를 지키고 있다. 아직도 따스한 전기장판이 그리운 5월 말이다. 봄이 그리운 것은 추운 겨울의 혹한에 시달린 때문이다. 봄이 짧게 느껴지는 것은 행복한 시간이 빨리 가 버리기 때문이다. 그리고 또 여름 무더위 같은 시련이 예상되기에 아직 봄의 끝자락을 잡고 있는 우리의 마음이 편치 못하다.

지난 겨울 너무 추웠듯이 우리의 삶에는 고난도 많았다. 사랑하는 사람의 죽음, 실패한 인간관계, 실직, 육체의 질병, 가정적인 우환과 고통으로 비틀거리면서 중심을 잡지 못한 사건들의 후유증에 아직도 시달리고 있다.

오늘 우리가 사는 이 사회는 혹한의 겨울 같은 추위와 외로움과 절망이 있다. 그러나 히말라야 정상에서도 추위를 녹일 불만 있으면 살아남을 수 있다. 이 불안과 혼돈의 눈보라 속에서 현대인들이 붙잡아야 하는 불기둥이 무엇인가?

우리는 권력을 붙잡은 사람이 불안과 혼돈을 이기지 못하여 쓰러지는 것을 보곤 한다. 보통 사람들은 상상도 못할 돈을 가지고 있는 재벌의 총수나 임원들, 그리고 만인이 부러워하는 인기 절정의 탤런트들이 정신적 혹한기를 이기지 못하여 자살을 하는 경우를 많이 본다.

오늘 불안과 혼돈의 눈보라 속에서 붙들고 살아야 할 것은 변치 않는 하나님의 사랑이다. 하나님의 사랑이 믿어지기만 한다면 우리에게 다른 염려는 없다. 고난도 슬픔도 미래적 불안도 모두 아무것도 아닌 것처럼 느껴진다. 하나님의 사랑 안에 오늘의 사건이 있고 시련이 있다고 믿어보자. 창세로부터 하나님의 영원하신 능력과 신성이 봄의 대지에 가득하듯이, 고난과 시련을 이기는 하나님의 따스한 치료와 위로의 기운이 우리를 감싸고 있음을 느껴 보자. 하나님은 우리를 사용해서 이 봄을 더욱 아름답게 만들기를 원하신다.

우리 앞에는 견디기 힘들고 우리를 지치게 만드는 더위가 기다리고 있다. 진을 빼는 이념 논쟁이 여름 더위만큼이나 길고 지루하여 서글프기만 하다. 지난 선거에서 표출된 각종의 비방과 욕설과 저급한 정치 행태의 먹구름이 이 사회의 암울한 미래상을 보여주는 것 같아 밥맛이 없다. 올해는 따스한 봄이 없었다. 봄다운 봄이 없이 우리의 인내를 시험하는 긴 여름이 오고 있다.

종교개혁주일에 생각하기

어떤 목사님이 성경 공부 시간에 한 교인으로부터 다음과 같은 질문을 받았다. "예수님은 왜 가룟 유다 같은 사람을 제자로 삼으셨을까요?" 이 갑작스런 질문에 목사님은 적절한 답을 하지 못하고 잠시 망설이다가, 이 문제에 대해서 좀 더 연구해 보고 대답하겠노라며 얼버무리고 말았다. 목사님은 이 문제를 놓고 적절한 답을 찾기 위해 성경을 읽고 주석 책도 찾고 기도도 하였다. 그러나 마음에 만족할 만한 정답을 얻지 못해 하루하루 고민스러운 시간을 흘려보냈다. '왜 하필 주님은 가룟 유다 같은 사람을 선택하셨단 말인가?' 아무리 생각해도 납득이 가지 않았고 예수님의 선택을 이해할 수가 없었다.

그러던 어느 날 이 문제를 놓고 또 묵상하는 중에 문득 위의 내용과는 다른 질문이 마음을 찔렀다. 그것은 바로 '왜 주님은 나 같은 인간을 당신의 종으로 선택하셨단 말인가?' 였다. 그는 자신을 향한 이 충격적이고 도전적인 질문에 할 말을 잃고 말았다. 흐르는 눈물을 억제할 수가 없었다. 주님의 종으로 부름 받은 것이 감격으로 다가왔다. 못다한 충성, 최선을 다하지 못한 게으름에 대한 후회가 한꺼번에 밀려오니 가슴이 미어졌다. 명예와 돈과 스타의식에 찌든 자신의 위선적인 모습이 필름처럼 적나라하게 스쳐갔다. 모든 것이 부끄러웠다. 자신의 모습이 곧 가룟 유다의 모습이었다.

가룟 유다를 향해 손가락질할 때는 해답을 찾을 수 없었지만, 자신에게 그 손가락을 돌리니 비로소 깨달음이 온 것이다. 주님이 잘못 선택하신 것이 아니라, 선택받은 자가 허물과 죄로 살아가는 것이었다.

목사님은 그날 이후 변하기 시작했다. 이른바 자기로부터의 개혁을 시작한 것이다. 그가 변하니 그의 주위 사람들이 변화되고, 마침내 그의 교회가 순수한 주님의 공동체로 변화되기 시작했다.

종교개혁의 계절이 다시 돌아왔다. 개혁은 나로부터 시작하는 것이다. 나를 개혁의 대상으로 놓을 때, 가정이 변하고 사회가 변하고 교회가 변화될 것이다. 나를 바라보고 나를 개혁의 대상으로 생각하는 훈련이 필요하다.

가을 땅의 기도

　가을에는 초조하게 하소서. 얼마 남지 않은 한 해의 시간이 살같이 빠르게 느껴져, 게을렀던 마음이 급해지게 하시고 촌음을 아껴 당신의 일에 최선을 다하게 하소서. 가을에는 불안하게 하소서. 한 달란트 받아 땅에 묻어 두고 남기지 못한 종의 심정이 되어, 이제라도 정신 차리고 주신 은사 캐내어서 다급해진 심정으로 반 달란트라도 더 남기게 하소서.

　가을에는 근심이 많게 하소서. 이대로 변화 없이 또 일 년이 흘러감을 안타깝게 여기며, 멀리서 들리는 악하고 게으른 종이라는 책망이 다가옴을 걱정하게 하소서. 가을에는 한숨짓게 하소서. 이리도 불순종의 시간들이 많았던 것을 돌아보며 울게 하시고, 죄악투성이로 얼룩진 삶의 자리에서 탕자와 같은 거지 심정으로 당신께 발걸음을 옮기게 하소서.

　가을에는 더 미워하게 하소서. 미워하고 증오하다 지치게 하시고, 미움이 미움을 낳고 증오가 증오를 잉태하는 것을 눈으로 보게 하시고, 결국 사랑하지 않으면 평안도 없고 안식도 없고 기쁨도 없고 승리도 없음을 깨달으면서 사랑하는 사람이 되게 하소서.

가을에는 더 고소와 고발이 난무하게 하소서. 당신을 안중에 두지 않은 채, 싸우고 욕하고 속이고 고함지르다가 목이 쉬고 기운이 다할 때, 하늘에서 채찍 들고 노려보시는 성난 당신의 얼굴을 보며 화들짝 놀라 가슴을 치고 회개하게 하소서.

가을에는 더 정치적으로 노랗게 물들게 하시고, 위선의 빨간 테크닉이 늘게 하시고, 부정을 합리화하는 수법에 도가 트이게 하시고, 권모술수의 입술에 침이 마르지 않게 하시고, 명예에 사족을 못 쓰게 하시고, 세상의 비난거리가 되게 하시다가, 스스로 발가벗겨진 자신을 보게 하시고, 불신 사회의 손가락이 자신을 향해 있음을 깨닫게 하시고, 성령의 탄식소리를 듣게 하시고, 십자가에서 저들의 죄를 용서해 달라는 당신의 고통스런 얼굴과 연약한 음성과 피 묻은 손에 감전되어 충격을 받고 새사람이 되게 하소서.

초심으로 돌아가게 하소서. 하박국의 기도를 따라하게 하소서. 성 프랜시스의 노래를 부르게 하소서. 은혜로 가득 차 욕심을 버리게 하소서. 죽음을 앞에 둔 성도의 마음이 되게 하소서. 모든 것이 배설물이 되게 하시고, 오직 당신만 소중하게 하소서. 오직 당신만 바라보게 하소서. 이 가을이 계절의 끝자락을 보며 아름다워지듯이, 우리도 하나님 나라가 멀지 않음을 바라보며 아름다워지게 하소서.

대림절(Advent)

기독교를 기다림의 종교라고 말한다. 대림절은 아기 예수 탄생을 기다리는 절기이다. 대림절은 성탄일 전 4주간의 기간을 의미한다. 이 대림절을 대강절(待降節)이라고도 하는데, 예전에는 장림절(將臨節)이라고도 하였다.

대림절이 오늘날과 같이 4주간으로 지켜진 유래는 멀리 7세기 초의 그레고리 1세 교황 때부터이다. 대림절과 관련된 가장 오래된 문헌은 4세기 후반의 성 힐라리우스(St. Hilarius)가 쓴 '리베르 오피씨움'(Liber officium, 성무서)인데, 이 책에는 대림절을 '재의 시기'라고 하여 재를 쓰고 금식하며 속죄하는 절기로 설명하고 있다. 이는 부활절 전의 사순절의 풍습에서 영향을 받은 것으로 알려져 있다. 대림절을 전례적으로 지키기 시작한 때는 5세기 중엽, 이탈리아 동북부 아드리아 해변의 도시 라벤나(Ravenna)에서 부터이다. 그 후 6세기에는 로마에서도 지켜졌고, 12세기경에 와서는 공식적인 전례의식으로 확정되었다.

대림절의 시기는 일정하지 않았는데, 4세기의 갈리아 지방에서는 사순절처럼 40일간 지켜진 때도 있었다. 밀라노교회는 지금도 6주간의 대림절기를 고수하고 있다. 대림절 기간이 4주간으로 정착된 것은 12세기경이며, 이때부터 대림절은 교회력의 시작으로 간주되었다.

대림절은 엄숙하고 경건한 절기로 출발하였다. 교인들은 금식하고 지냈으며, 성직자들은 자색 옷을 입고 예배를 집례하였다. 그리고 교회는 기쁨을 노래하는 대영광송이나 알렐루야 등은 부르지 않았다.

지금도 기독교 국가인 유럽에서는, 대림절로부터 성탄절에 이르기까지 교회는 어떤 행사도 하지 않으며, 침묵과 경건으로 일관한다. 대림절에는 이사야서 같은 예언서나 세례요한의 회개를 외치는 말씀이 낭독된다. 대림절은 아기 예수의 탄생을 기다리는 의미와 함께 재림의 주님을 기다리는 의미도 포함되어 있기 때문이다.

그런데 한국교회엔 대림절부터 성탄절에 이르기까지 너무 많은 행사들로 분주하다. 성탄 칸타타가 연주되고, 교회학교의 발표회도 열린다. 심지어는 총동원 전도주일을 겸하는 교회도 있다. 친목회, 망년회, 위로회 등의 친교모임이 교회 안팎에서 와자지껄하다. 침묵과 경건, 회개와 금식, 자숙과 반성의 풍조가 없는 대림절과 성탄절의 분위기가 유감스러울 뿐이다.

한국교회는 누구를 기다리고 있나?

아기 예수여 오소서

아기 예수님, 사랑합니다. 그러나 올해도 말뿐인 사랑이요 형식뿐인 성탄맞이가 될 것 같아 죄송한 마음입니다. 우리에게는 동방박사들처럼 어떤 희생도 감수하며 기어이 아기 예수님을 찾아 경배하고야 말겠다는 예배의 정성이 없습니다. 우리 쓸 것은 항상 풍족하나 아기 예수님께 드릴 예물은 언제나 부족하여, 거의 빈손인 채 주님 앞에 서 있는 우리의 모습입니다.

"너희를 위하여 구주가 나셨다."는 하늘의 음성을 듣고, 하던 일도 멈추고 환희에 벅차서 단숨에 아기 예수님 계신 곳으로 달려 왔던 목자들의 그 흥분과 감격과 희열이 우리의 성탄절에는 없어서 그저 썰렁하기만 합니다.

84년을 청상과부로 살아오다가, 아기 예수 한 번 안아 보고 평생의 고난을 다 보상받은 듯 한없이 기뻐하고 울었던 안나 할머니의 한(恨)풀이 같은 믿음도 우리에게는 없습니다. 평생 메시아를 기다리며 고대하다가, 아기 예수님 한 번 뵈옵고 "이제 죽어도 한

이 없습니다!" 라고 고백하였던 시므온의 언어가 우리에게는 낯설기만 합니다. 심지어는 오늘날에도 아기 예수님 모실 빈방 하나가 없어서 또 마구간으로 모셔야 하는, 주님께는 그리도 인색하고 가난한 우리의 모습에 낯이 뜨거워집니다.

아기 예수님! 감히 오시라는 말씀을 드릴 수가 없습니다. 환영한다고 말할 면목이 없습니다. 정성이 없고 최선을 다하지 못한 성탄맞이가 되어버렸으니 어찌하면 좋겠습니까? 평화의 왕이 오시는데 우리에게 평화가 없습니다. 우리의 마음에도, 우리 가정에도, 이 사회에도 그리고 국가 간의 관계에도 전쟁이 계속되고 있습니다. 심지어는 주님이 거하실 교회도 평화 없는 전쟁과 갈등과 반목과 싸움의 현장이 되어 버린 가운데 성탄절을 맞이합니다.

그러나 주님, 오늘도 주님의 필요를 채워 주지는 못하고, 우리의 필요를 따라 구하기만 함을 너그러이 용서하여 주십시오. 평화의 주여, 만왕의 왕 아기 예수여, 우리에게 오소서! 우리의 부족함을 허물치 마시고 우리와 함께 하소서. 당신만이 구세주이십니다. 주님 없이는 인간의 역사가 마치 브레이크가 고장 나고 핸들이 말을 안 듣는 자동차같이 파멸로 치달을 수밖에 없기 때문입니다. 허무와 고독과 절망 속에 허덕이는 우리에게 오소서. 우리를 구원하소서. 아기 예수여!

임마누엘 예수

　인간이 가장 평안을 느끼는 때는 어머니의 자궁 속에 있을 때다. 자궁으로부터의 분리는 영원한 고독과 불안의 시작이다. 그래서 아기는 태어나면서 운다. 인간은 모두 울면서 태어났다. 불안과 고독은 인간의 원죄만큼 뿌리가 깊은 병이다. 문명이 발달하면서 현대인은 더 고독하게 되었다.

　현대인의 고독과 불안의 원인은 다음과 같다. 첫째로, 과학기술의 발달로 기계가 인간을 대신하게 되었고 인간소외 현상이 나타났다. 둘째로, 산업화 때문에 직업을 찾아 삶의 터전을 옮기면서 이산가족이 늘어나게 되었다. 셋째로, 이혼 때문에 가정이 파괴되거나, 맞벌이 부부가 늘면서 자녀들이 고독하게 되었다. 넷째로, 인간관계가 복잡해지면서 타인으로부터 받은 정신적 상처가 고독과 불안을 만들었다.

　이 고독과 불안을 덜기 위하여 인간은 다음과 같은 해결책을 찾아 애쓰고 있다. 우선 인터넷과 비디오 산업의 발달로 인하여 인간은 가상현실 속에서 자신이 원하는 파트너를 만들어 정신적, 육체적 교감을 나누면서 고독을 달래고 있다. 그리고 인간이 아닌 애완견 같은 동물과의 사귐을 통하여 외로움을 극복하려 하고 있다. 그런가 하면 마약, 술, 오락, 도박 등으로 불안과 고독에서 벗어나려 하고 있다. 그리고 결혼을 함으로써 고독과 불안을 해결하려 하고, 종교를 통하여 평안과 위로를 갈구하려 한다.

아기 예수 오시는 성탄절이 다가온다. 해가 가면 갈수록 성탄절은 상업화되어가고 예수는 잊혀져가는 것 같은 느낌이다. 교회도 너무 많은 예배와 기도회와 음악회와 행사와 모임 때문에, 조용히 명상하면서 아기 예수를 맞지 못하는 것 같다. 좀 고요한 밤이 있으면 좋겠다. 거룩하게 구별되어 차분한 마음으로 성탄을 맞이하면 좋겠다. 그리고 임마누엘로 낮고 천한 구유에 오시는 예수님의 모습을 그려 보면서 그 정신을 마음에 새기면 좋겠다. 교회와 민족의 참담한 현실을 나의 책임으로 돌리면서, 눈물과 죄스러운 심정을 담아 아기 예수께 예물로 드림이 있으면 좋겠다.

임마누엘의 주님은 고독하고 불안한 우리에게 구세주로 다가오신다. 우리와 영원히 함께 계시는 주님이 고독과 불안을 근본적으로 몰아내시고 평안과 위로를 주신다. 임마누엘! 그 언어는 어머니의 자궁 보다 더 큰 평안을 준다.

이번 성탄절에는

　이번 성탄절에는 눈이 왔으면 좋겠다. 흰 눈을 보면서, 그 하얀 순백의 빛깔을 마음에 그리며 새해를 맞이하고 싶다. 이번 성탄절에는 흘러간 영화 '벤허'를 한 번 더 볼 수 있으면 좋겠다. 영화를 보면서 아기 예수 탄생의 궁극적 목적인 십자가의 의미를 새기고 싶다. 성탄절에는 소박한 캐럴찬송 '고요한 밤 거룩한 밤'을 아주 작은 볼륨으로 들었으면 좋겠다. 이 소박하고 정겨운 캐럴을 만든 작사, 작곡자의 에피소드와 함께 소박한 처음 신앙을 회복하는 성탄의 밤을 맞고 싶다.

　이번 성탄절엔 찰스 디킨스의 짧은 소설 '크리스마스 캐럴'이 TV에서 방영되었으면 좋겠다. 주인공인 구두쇠 스크루우지가 유령을 만나, 모든 사람들에게 손가락질 당하는 스스로의 비참한 모습을 보고 자신의 과거, 현재, 미래를 통찰하면서, 잘못을 반성하고 새사람이 되어 종업원에게 선물도 주고 월급도 올려 주는 사람으로 변했듯이, 남을 향한 나의 모습에 긍정적인 변화가 일었으면 좋겠다.

이번 성탄절에는 방안에 촛불 하나 켜 놓고, 성탄에 관한 성경의 장면들을 읽어나갈 조용한 시간을 가지면 좋겠다. 마리아, 요셉, 목자들, 동방박사들, 시므온, 안나 등 아기 예수를 처음 보고 경배한 사람들 틈에 끼어서, 나도 고개 숙여 진정으로 세상의 구세주로 오신 예수님께 머리를 숙이고 겸손한 마음으로 동참하고 싶다.

이번 성탄절에는 집에서 가장 좋은 방을 비워서 마구간의 구유를 만들고 강보에 싸인 아기 예수 인형 하나를 장식하여 첫 성탄의 감격을 실감했으면 좋겠다. 아기 예수를 가정에 모시고 그분의 탄생을 느껴보고 싶다. 성탄절엔 새벽송을 도는 교회가 있는 시골에 가서 함께 집집마다 새벽송을 돌며 옛 추억을 되새길 수 있으면 좋겠다. 산업화의 물결 속에서 너무 인정이 메말라가고 있는 현대인들에게 따스한 온기가 묻어나오는 노래를 들려주고 싶다.

이번 성탄절에는 작은 카드에 예쁜 글씨로 사랑의 메시지를 담아 보내면 좋겠다. 그동안 마음으로 미워했던 사람들에게 화해하고 웃으며 함께 손을 잡고 아기 예수님을 영접하고 싶다. 성탄절에는 내가 알고 있는 사람 중에서 가장 어려운 사람의 손에 용기를 얻을 수 있는 선물을 쥐어 주고 싶다. 내가 받은 가장 귀한 선물인 예수 그리스도의 사랑을 실천하는 마음으로….

연말의 위선

옷장을 열어 보니 옷이 많기도 하다. 손 하나 대지 않고 올해를 넘기는 옷들도 부지기수다. 내가 입지도 못하고 남에게도 주지 않은 옷들이 나를 원망스러운 눈초리로 쳐다보는 듯하다. 비단 옷뿐이겠는가? 우리 마음속에는 복수하지도 않고 용서하지도 않은 채 그대로 묵혀 두고 있는 인간관계가 어디 하나 둘이겠는가?

인간이 살면서 시간이 가면 갈수록 살림살이가 늘어나듯이, 마음도 점점 더 어지러워지며 복잡해지고 있다. 집안의 물건들도 그 때그때 정리하지 않으면 나중에는 시간을 엄청 허비해야 한다. 사람의 마음속에 있는 얽히고설킨 관계와 사건들은 제때 정리하지 않으면, 나중에는 머리가 복잡해지고 계산이 혼란스러워져서 정리가 제대로 안 된다.

한해를 마무리하면서 우리는 다사다난한 한해였다고 입버릇처럼 말한다. 잘못도 많이 하고 실수도 많이 하며 살았다는 것을 고백하는 데는 연말만큼 뻔뻔한 시간도 없다. 이제 다가오는 새해에는 좀 더 나은 삶을 살겠다는 거짓말을 하기에도 연말만큼 적당한 시간이 없다. 잘 살겠다고 다짐하고 그렇게 살지 못한 채 남아 있는 위선의 찌꺼기들이, 우리의 마음에 오랫동안 방치되고 퇴적되어 공해를 유발하고 있다.

한 해의 끝은 위선의 계절이다. 매년 연말에 똑같이 반복되는 반성과 후회와 미련 속에서, 어느덧 양심의 가책이 무디어진 우리의 모습에 소스라치게 놀라지 않으면 안 된다. 그저 한 해의 끝자락에서 또 해 보는 습관화된 넋두리로서의 반성은 위선이다. 그 수많은 반성과 회개 뒤에 우리의 삶은 무엇이 바뀌었고 어떤 변화를 경험하였는가?

올 연말만큼은 정말 새롭게 출발하는 반성이 있었으면 좋겠다. 마음이 새로워지고, 삶의 자리가 정리되고, 사랑과 미움의 미해결 과제들이 청소되는 시간이 되었으면 좋겠다. 우리 사회에서는 거짓말 하는 자들이 손가락질을 당하고, 진실을 말하는 입술이 인정을 받는 풍토가 조성되었으면 좋겠다. 네 편 내 편으로 편 가르기 하는 자들이 부끄러움을 당하고, 하나님을 두려워하는 사람들이 존경을 받는 새로운 물결이 일면 좋겠다. 올 연말에는 꼭 그렇게 되었으면 좋겠다. 그래서 새해에는 희망을 보았으면 좋겠다. 민족이 살고 교회가 새로워지고, 우리 모두가 새사람이 되는 새해를 맞이하면 좋겠다.

송년의 기도

한 해의 끝자락을 붙잡고, 가려는 세월을 아쉬움으로 보내지 못하고 있습니다. 이렇게 또 한 해가 바뀌면 죄인으로 새해를 맞이할 것 같아 두렵기만 합니다. 연초에 당신께 맹세하고 서원하였던 그 많은 언어들이 실체가 되지 못하고 허공에 떠돌고 있습니다. 그런데 이제 또 무슨 면목으로 새해를 맞아 당신 앞에 결단하고 기도할 수 있겠습니까? 작열하는 태양 앞에 가뭄으로 대지가 메말라 있듯이, 그 옛날 엘리야가 보았던 변화의 작은 구름 한 조각도 보이지 않아 타들어가는 불쌍한 마음이 어찌 해갈(解渴)의 비를 기대할 수 있겠습니까?

아무리 생각해도 주님, 당신밖에는 구원의 길이 없기에 이제 다시 기도합니다. 비를 주소서. 변화의 작은 징조라도 보여 주소서. 아니, 이 죄인을 살리시고 변화시키시고 은혜를 주셔서, 한국교회와 사회를 위한 손바닥만 한 구름이 되게 하소서. 작은 구름들이 모여 큰 구름이 되게 하시고, 쓰러져 죽어가는 교회와 사회를 위하여 큰 생명의 비로 쏟아지게 하소서. 아래로, 아래로, 이 한 몸 던져 세상을 살리는 생명의 비로 곤두박질하게 하소서.

이제 한 해를 마무리하는 기도는, 목소리가 죽게 하시고, 고개도 숙여지게 하소서. 혈기도 죽게 하시고, 명예를 탐하던 마음이 죽게 하시고, 거짓을 밥 먹듯 내뱉던 혀가 꼬부라지게 하소서. 비를 위해 머리를 무릎에 처박았던 엘리야처럼, 무릎이 꿇어지게 하시고 교만한 머리가 땅을 향하게 하소서.

교회와 민족을 질타하는 예언자로 자처하며, 독설을 내뿜고 혈기 등등하여 의인의 높은 자리에서 한국교회의 죄를 책망하던 거짓 선지자들이 죽게 하소서. 위선의 상좌에서 내려와 겸손을 허리에 동이고 교회와 민족을 살리게 하소서. 명예와 재물과 정치적 이득을 모두 챙기면서도 한국교회의 구세주로 자처하는 거짓그리스도들이 죽게 하소서. 당신을 닮아 빈손으로 섬겨 교회와 민족 앞에 헌신하게 하소서.

한 해가 저물어 이제 역사 속으로 사라져가고 있습니다. 세월을 붙잡는다고 멈추기야 하겠습니까? 오히려 가는 세월 앞에 스스로를 멈추고, 반성과 회개와 눈물을 통하여 내려감을 배우게 하소서. 높은 하늘에서 이 땅으로 내려오사 끝내 죽음으로 세상을 살리신 생명의 주님을 닮게 하소서. 당신의 자취를 본받아 쏟아져 내리게 하시고, 끝내 머리를 박고 온몸을 불살라 메마른 대지에 생명을 주는 하나의 빗방울이 되게 하소서.

송구영신(送舊迎新)을 위한 기도

주여, 참으로 감격스럽습니다. 참으로 놀랍습니다. 한없이 주님의 마음을 아프게 하는 우리를 용서하시고 품으셔서 한 해를 정리하게 하시고, 이제 새해의 삶을 위한 희망과 용기를 주시니 감사합니다. 그 옛날 아버지 앞에 다시 선 탕자처럼, 지치고 피곤하고 희망이 없는 우리의 삶이 새로운 기대감으로, 가누지 못할 설렘으로 점점 차올라, 새 술에 취한 듯, 기쁨에 홀린 듯, 가위에 눌린 마음이 언어를 내뱉지 못하고 심정을 토로하지 못하여 고뇌하듯, 당신의 은총 앞에 이 혀는 굳어 버리고 할 말을 잊었습니다.

주여, 당신께서 인류 역사를 주관하소서. 영원히 살려고 열매를 훔쳐, 영원한 멸망에 빠진 아담의 후예들입니다. 유전자를 건드리고 복제인간을 생산하려는 바벨의 현장에서 당신의 위대함에 감전되고 전율하는 역사를 만드소서. 당신의 피조물로서의 한계를 겸허히 인정하는 인류의 역사를 일구소서.

주여, 만물의 고통 소리를 들으소서. 한 해 동안 천재지변으로 사라진 영혼들을 위로하소서. 한 해 동안 각종 범죄의 사슬에 희생당한 영혼들의 한을 보상하소서. 한 해 동안 이데올로기의 노예가 되고 죽어서 형체가 없어진 천하보다 귀한 생명들을 당신의 옷자락으로 덮으소서. 한 해 동안 전쟁으로 죽어간 많은 사람들의 원통함에 귀를 기울이소서. 한 해 동안 종교와 정치와 잘못된 법에 의해 희생된 순진하고 힘없는 민초들을 위로하소서. 한 해 동안 에덴에서 나와 씨를 이어가다가 환경오염으로 멸종된 피조물의 눈물을 당신의 자비의 병에 담으소서.

주여, 잃었던 별을 되찾는 감격을 인류에게 허락하소서. 바랄 수 없는 가운데 기쁨덩이를 안고 우는 시므온과 안나의 감격을 다시 내리소서. 오늘 이 감격의 줄이 다시 한 해를 이어가게 하시고, 그 줄이 영원을 잇는 인류의 생명줄이 되게 하소서. 당신에게 감격하지 않고서는 인류에게 희망이 없고 미래도 없음을 깨닫게 하소서.

당신을 보면 꿈틀거리게 하소서. 당신의 음성에 마음이 설레게 하소서. 당신의 따스한 손길이 우리의 눈물샘을 자극하게 하소서. 지치고 고독하고 불안한 영혼이 당신 품에 안겨 처음 느끼는 하늘의 평안에 울게 하소서. 그리고 행복의 단잠으로 한 해의 피로를 풀고, 사랑으로 시작하는 새해를 맞게 하소서.